KB068553

지금 일기

지금 일기

김이재 에세이

아이들과의 삶,
그리고

그 속에서 번성하는
가엾고 애닳는
사랑에 대하여

"너희는 내게 평생의 약속이었고, 전부였으니까."
...
음악교사 김이재의 5년간의 교직 이야기.
일기처럼 적혀온 사랑을, 눈물을, 위로를, 그리움을 모아 당신께 드립니다.
당신의 하루도 끝내 사랑이 되시기를.

바른북스

황홀한 꿈을 꾸었습니다. 교사로 살아서, 그곳에 아이들이
있어서 온전한 행복이 무엇인지 알 수 있었습니다. 어젯밤,
쉬이 잠이 오지 않아 여러 해 동안 아이들이 보내준 편지
들을 모두 꺼내 하나하나 읽어보았습니다. 아이들 편지 속
저는 때로는 희망이나 위로였고, 사랑이나 은인 같은 것들
이곤 했습니다. 그러나 저는 그저 아이들의 눈 안에 범람
하는 찬란함을 읽어주고 그것을 엮어 노래하는 사람일 뿐
인걸요. 그러니 아이들이 말하는 사랑이나 아름다운 것들
은 사실 제가 아니라 아이들 스스로였다고 해도 무방할 테
지요.

여전히 저를 필요로 하는 아이들이 있다는 것을 알아요. 제 손길이나 품, 목소리나 눈빛이 간절한 아이들이 있었어요. 그걸 뿌리치고 이 막막한 세상으로 다시 뛰어든 것은 오롯이 저를 위한 것이었습니다. 늘 내 꿈은 너희라고 말했으면서, 제 꿈을 위해 발걸음을 돌리겠다고 하니, 정말이지 아이러니한 일이 아닐 수 없습니다. 어쩌면 저는 좋은 교사가 아니었을지도 몰라요. 아니, 오히려 이기적인 사람이었던 것인지도 모릅니다.

아이들을 사랑하는 것만큼은 진심이었습니다. 한 번도, 한 순간도 아이들에게 진심이 아닌 것은 준 적이 없어요. 사랑을 말하는 순간에 제 세상은 그 아이들이 전부였고, 아이들의 슬픔을 조금이나마 덜어가기 위해 제 마음을 온통 비워두고자 노력했으니까요. 그 사랑이 소진되지 않기 위해서 그동안 꽤 많은 책을 읽고, 글을 쓰고, 노래를 부르고, 여행을 다녔습니다. 그렇게 쌓인 사랑의 데이터들이 모조리 아이들을 위해 사용되길 간절히 바라면서요.

여기에는 아이들과의 기록, 걸음, 이미 주었거나 미처 주지 못하고 사그라진 사랑, 후회, 상처, 이별, 고독과 같은 것들을 담았습니다. 숱한 밤 잠들지 못한 마음들과 오랜 시간 게워내던 눈물은 끝내 정제되지 못한 문장이 되어 투박하고 엉성하게 남았습니다만, 구태여 네모반듯하게 다듬지는 않았습니다. 매일 벌어지는 망각과의 사투에서 행여나 사랑 한 조각이라도 놓치게 될까 두려워, 휘갈겨 적혔을지라도 그 간절함이 훼손되지 않기를 바라는 마음이었습니다.

교단에서 만났던 모든 이들에게 감사와 사랑을 전하고 싶습니다. 사랑 같은 흔한 단어로는 이 마음을 반도 표현하기 어렵지만, 또 그만한 단어를 찾기가 어려우니 결국 또 이 마음을 사랑이라 말하겠습니다. 제가 준비했던 사랑은 여전히 조금도 줄지 않은 채로 제 안에 있습니다. 그러니 매일을 함께하지 못하더라도 마음을 누일 곳 없어 쓸쓸하거나, 슬프고 아픈 것들로 잠 못 이루는 날이 많아진다면 또다시 저를 찾아주세요. 물론, 기쁜 소식을 주신다면 더없이 행복하겠지만 말입니다.

그리고, 가슴으로 안고 나란히 달려온 너희들에게.

'너희'에서 시작되어 '우리'로 마치는 이 문장들 끝에는 늘 사랑이 매달려 있다. 듣는 이 없이도 공기처럼 질기게 생존해 온 내 사랑의 고백이다. 나는 너희와의 순간들을 양분 삼아 평생 영광과 행복 속에 살아가게 될 테지. 슬프고 아픈 것들마저 함께할 수 있어서 다행이다. 부탁이 있다면 너희는 부디 나보다 꼭 한 걸음 앞에서 행복해지렴. 그럼 나는 너희가 행복해하는 모습을 보기 위해 끝없이 마음을 내어줄 수 있을 테니까. 사랑한다, 내 아이들.

그리고 언제나 제게 시와 우정이 되어 준 미래에게 진심으로 감사의 인사를 전합니다.
부디 모두, 사랑과 아름다움 안에서 평안하시길.

목 차

세상 모든 곳에
사랑이 새겨져 있었어

1장

손 뻗으면 닿을 거리에서,

우리는

상처투성이 교실과 외로운 교무실, 교탁과 책상 사이 좁혀지지 않는 거리 안에 터를 짓고 사는 사람들. 갈라진 석면 사이를 비집고 뿌리내린 질긴 사랑을 누군가는 허구라고 부르고 또 누군가는 위선이라 부르는 야박한 세상에 산다는 것은. 그러나 이 문장 위에 거짓된 마음은 먼지 한 톨만큼의 무게도 얹을 수 없다. 사랑과 아름다움에 대해 노래하는 아이들의 목소리를 위하여. 심장을 관통하는 저 음색에 거짓은 없으니까. 나 또한 있는 그대로의 사랑을 내어줄밖에. 내 삶은 이미 저 오선에 주렁주렁 걸린 채 기쁨의 비명을 내지르고 있으니, 그저 사랑할밖에.

아버지, 어머니

아버지, 저는 2월 어느 날 당신이 사 오신 한 아름의 수국을 기억합니다. 수천 개의 꽃이 엉키어 하나의 이름을 갖는 수국처럼 살아가라는 아버지의 말씀을 따라 사랑을 하는 매일입니다. 저는 강릉의 어느 바닷가에 있습니다. 눈앞에서 하얗게 부서지는 푸른 파도와 매일 밤 지평선으로부터 새롭게 피어나는 달과 별의 숭고함이 그날의 아버지를 떠올리게 합니다. 그때 괜스레 슬퍼지는 이유가 무엇인지는 모르겠습니다. 문득 손바닥을 펴니 겨우 한 뼘만 한 영원(永遠)이 거기 있었습니다. 그 초라함이 초라해서 끊임없이 부서지는 파도 쪽으로 심술궂은 발길질을 했습니다. 유한한 세상 속에서 사는 자가 가장 무한한 것에게 보내는 부질없는 질투 같은 것이라고 하겠습니다. 아버지, 이 애닳는 사랑이 숨을 멈추는 날, 제 무덤 위에도 풍성하고 아름다운 수국이 피어날까요? 그날이 오면 한 아름의 수국을 따다가 당신 발밑에 놓고 목 놓아 울겠습니다.

어머니, 차갑고 딱딱한 운전석 시트에 기대어 쪽잠을 주무시던 당신의 숱한 밤이 없었더라면 저는 지금쯤 아마도 칠흑 같은 공허 속에서 몸부림쳤을 테지요. 제가 부르짖는 이 사랑과 아름다움에 대한 노래는 모두 어머니가 가르친 것입니다. 제 삶은 어머니가 그린 오선보 위에서 사랑의 물살에 몸을 맡긴 채 철없이 흘러가는데, 당신의 청춘과 맞바꾼 이 사랑은 겨우 1할도 마음대로 주기가 어렵습니다. 그 괘씸함에 대한 벌로 저는 이번 생을 갈아 사랑을 노래해야만 하겠지요. 당신께서 주신 사랑이 희미한 기억 속에 끝내 밑바닥을 드러내면, 저도 제 앞에 놓인 가엾은 것들 앞에 무릎을 꿇고 오선보를 그리겠습니다.

호수가 되는 소원

잘할 것 같은 자신감을 주는 선생님들은 많아
그들의 손길이 생명을 싹트게 하는 봄바람과 같다면
나는 잘하지 않아도 괜찮을 것 같은 사람이 될게

별이 쏟아지는 날 밤,
고요한 숲 한가운데 우연히 만들어진
잔잔한 호수 같은 사람이 되어야지
그럼 위태롭고 다친 아이들도 내 앞에 와서 앉을까

눈물에 맞닿은 수면이 찰방 소리를 낼 때
가장 빛나는 은하를 따다 옷을 짜서 입을게
1년 내내 기울지 않는 보름달을 머리 위에 새겨놓고
푹푹 패인 달그림자에 네 울음이 닿을 즈음
여기 좀 봐, 춤추는 네 눈물이 보이니
어쩜 너는 우는 것마저 빛날 수 있지

영영과음

내게는 '영영과음'이라고 부르는 소중한 동료들이 있다. 영어교사 두 명, 과학교사 한 명, 음악교사 한 명으로 만들어진 이 모임에 과목의 앞글자만 따서 '영영과음'이라고 이름 붙였다. 이름 때문에 모여서 음주를 즐기는 것이 아니냐는 놀림을 당하기도 하지만 사실 우리는 무알코올 맥주를 깔아놓고 밤새 수다나 떠는 재미없는 사람들의 모임이다.

학교에서 근무하다 보면 사람에, 학생들의 크고 작은 문제에, 빠듯한 학사 일정과 업무에 지치기 마련이다. 그러다 보면 자연스럽게 의지할 곳을 찾게 되고 마음이 허해지는데, 그런 와중에 '영영과음'은 내게 가족이나 안식처였다.

예전에는 동료들을 가족이라고 부르며 가깝게 지내는 다른 선생님들이 이해되지 않았다. 일적으로 만난 관계가 조금 친해졌다고 해서 마음까지 진심으로 이해받는 것이 어떻게 가능한 것인지 알 수 없었다. 그렇기 때문에 우리의 첫 모임은 비슷한 또래 교사들끼리의 단합 정도의 가벼움으로 시작되었다.

그저 공강 시간에 모여서 가볍게 티타임을 갖고 학생들 이야기와 업무를 공유하기 위한 만남이, 어느 순간부터 힘든 마음을 위로하고 기쁜 소식에 박수를 치기 위한 시간으로 변해갔다. 생일이 되면 누가 먼저랄 것도 없이 각자 좋아할 만한 선물을 골라왔고, 특별히 주문 제작된 케이크에 어떤 문구를 새길지 고민하는 것이 우리의 주요 이벤트가 되기도 했다. 각자의 담임 반 아이들을 데리고 겨울 캠프를 다녀오기도 했고, 나중에는 서로의 이름만 불러도 도움이 필요한 상황인지 아닌지 알 수 있게 되었다. 그렇게 사계절을 공유하며 우리는 조금씩 가족이 되어갔다.

언젠가 내가 다른 교사로부터 부당한 업무지시와 무례한 언행으로 인해 마음에 상처를 입게 됐을 때였다. 수업 자료부터 업무에 대한 성과까지 모조리 부당하게 빼앗기고도 아무 말도 할 수 없는 상황이었다. 작은 교무실 안, 숨 쉴 공간 한켠조차 없던 나는 쉬는 시간에도 자주 복도를 서성이며 타는 속을 참아내야 했다. 그 사실을 알게 된 '영영과음' 선생님들은 돌아가며 내게 전화와 메시지로 내가 혼자가 아님을 되새겨 주었다. 복도에서 마주치기라도 하면 내 손을 잡은 채로 쉬는 시간 내내 나와 함께 서있어 주시곤 했다.

언젠가 학생으로 인해 크게 상처를 받았을 때도 그랬다. 온통 절망과 눈물로 가득한 나날을 보내고 있을 때에도 '영영과음'은 늘 나와 함께였다. 다 같이 저녁 식사를 하던 중 예고 없이 찾아온 두려움에 밖으로 뛰어나와 숨을 고르고 있었을 때, 나를 따라 나온 선생님들은 오랫동안 내 머리카락과 등을 쓸어주며 나 대신 울었다. 그날은 제법 추운 겨울이었는데, 두 팔을 겹쳐 안은 채로 나를 위로하던 그 손길의 따뜻함을 나는 여실히 기억한다. 선생님들은 어떡하냐며 떨었고, 제법 시간이 흐른 지금까지도 그때의

떨림을 생각하면 코가 시려진다. 유난히 힘들었던 그해를 거쳐 지금의 내가 온건한 마음으로 학생들과 살고 있는 것은 온전히 '영영과음' 덕분이었다.

우리가 가까이 지내는 것은 많은 변화를 가져왔다. 조금 더 유순한 눈과 마음으로 일을 할 수 있었고, 서로의 학생들 이야기를 공유하며 아이들의 마음과 목소리에 더욱 귀를 기울일 수 있었다. 학생들은 그런 우리의 우정을 받아들였고, 우리를 위해 더욱 온화하게 대화하려고 노력했다. 우리는 그런 아이들의 섬세하고 예쁜 마음을 지켜주기 위해 기꺼이 한마음으로 마을이 되어주겠노라 약속했다. 그렇게 함께 키워낸 아이들은 점차 따뜻하고 성숙하게 변화하면서 우리의 '째깐이', '깔롱쟁이', '왕자님'이 됐다. 그들의 변화는 우리가 앞으로 살아가는 동안 또다시 우리를 걷고 뛰게 하는 원동력이 되겠지. 시간이 지나, '영영과음'은 모두 갈라지고 각기 다른 자리에서 살게 되었지만, 우리는 언제나 서로를 위해 하나였다. 잊지 않을 것. 우리의 우정에 결코 당연한 것은 없음을. 따뜻한 사람들, 고마운 선생님들.

또 와

"똑똑. 선생님?"
문을 열면 팔 하나 정도 거리에 네가 있다.

뚝뚝 눈물을 흘리던 너도 있었고,
장난 섞인 미소로 그냥 쌤 보러 왔다던 너도 있었고,
멋쩍은 자세로 부탁을 했던 너도 있었고,
단어장을, 악기를, 악보를,
초콜릿이나 젤리를 들고 왔던 너도 있다.

너는 끝없이 나를 부른다. "똑똑" 하고,

한참 뒤적거려도 마음 말고는 도무지 줄 것이 없어서,

나는 그냥 한참 네 앞에 앉는다.

네가 울거나 웃으며 재잘대면 나는 그저

그랬구나, 괜찮아, 그래그래, 잘했어. 할 뿐.

그래도 있잖아, 찾아줘서 고마워.

또 와, 꼭.

지는 해를 깨우려 노력하지 말아라.
너는 달빛에 더 아름답다.
언제나 '사랑'이라는 명사가 어울리시는
이재 선생님께.

첫 담임

남고에서 근무한 지 2년이 되어가던 해, 거기서 첫사랑들을 만났다. 나는 1학년의 유일한 여자 담임이었고, 그 학교에서 가장 어린 교사였다. '교직의 꽃'이라고 하는 담임을 하게 되면 '진짜' 내 학생을 가질 수 있다는 기대감에 개학 전 며칠은 잠도 제대로 자지 못했다. 우리 반만의 학급 철학과 이벤트도 고민하고, 상담은 언제, 어떻게 할 것인지 몇 주를 꼬박 고민했다. 입학식도 치르지 않아서 이름뿐인 명단을 책상 가장 잘 보이는 곳에 붙여두고 닳도록 이름을 불러도 보았다. '첫'이라는 단어가 가진 몽글하고 간지러운 느낌이 좋았다.

그러나 주변에서는 그런 나를 마냥 좋게만 보지 않았다. 그 시기에 내가 가장 많이 들었던 말은 "3월에는 웃지도 말아야 한다."와 "아이들을 믿지 말라." 라는 말이었다. 당시 함께 근무했던 많은 동료 교사들이 너는 '어린 여교사'이므로 특히 더욱 카리스마가 있어야 한다고 했다. 그런 말을 여러 번 듣다 보니 내가 너무 무른 마음을 가지고 있는 건가 싶었다. 근엄하고 진지한 교사가 되고 싶지는 않은데. 아이들과 즐겁고 행복하게 살고 싶은 게 잘못된 것인가 하는 의문이 생겼다. 어쩐지 미꾸라지가 된 것 같은 기분이 들어 한동안 복잡하고 찝찝한 마음을 숨기며 학교를 다녀야 했다.

하지만 결국에 나는 그냥 제멋대로 했다. 남들이야 뭐라고 하든 내 학생이고 내 반이었으니까. 게다가 애초에 나는 남들에게 어떻게 보여지는지 크게 신경 쓰지 않는 사람이기도 했고. 나는 꿋꿋하게 매달 자기 자신에게 쓰는 편지를 쓰는 학급 이벤트도 하고, 매월 첫날에 이달의 문장을 골라 보기 좋게 쓰고 게시판 중앙에 붙여두었다. 또, 봄이

왔을 때에는 꽃 가랜더를, 할로윈에는 호박 가랜더를 걸었다. 우리는 인사 대신 서로에게 손 하트를 보냈고, 우리 반 아이가 잘못했을 때는 내가 대신 다른 동료 교사에게 머리 숙여 사과했다. 우리 반 아이들 모두에게 보여주고 싶었던 내 사랑의 표현은 그런 거였다. 소소하고 진솔한.

나는 언제나 너희 편이 되어줄 것을 약속할 테니 너희는 함께 살기 위해 존중과 배려, 그리고 사랑을 하기를 부탁했다. 2학년으로 진급하는 날에는 그동안 매달 자신에게 썼던 편지와 학급 단체 사진, 각종 행사에서 찍힌 자신의 독사진들을 모아서 편지와 함께 선물로 주기도 했다. 그건 1년간 내가 너희의 바로 곁에 있었음을, 그리고 우리는 서로 안에서 하나였음을 기억하길 바라는 마음이었다. 권위 있는 교사가 되기 위해 노력한 적은 없었다. 그러나 첫사랑들은 누가 먼저랄 것도 없이 내 교권과 교사로서의 자존감을 지켜주었고, 그 아이들이 있었기 때문에 나는 비로소 '진짜' 교사가 된 것만 같았다.

몇 년의 시간이 지나고 이제는 성인이 된 아이들 몇이 나를 찾아왔다. 그리고 그해의 자신들이 얼마나 즐겁고 행복했는지, 우리 반이라는 공간 안에서 자신들의 세상이 얼마나 많이 변화했는지 이야기해 주었다. 듣는 내내 마음이 울컥하고 코가 시렸다. 나만의 방법으로 아이들의 편이 되어주길 잘했다고 생각했다. 학교라는 공간에 정답이라는 건 없었다. 그저 하고 싶은 걸 하면 되는 거였다. 내 사랑은 틀리지 않았다. 다만 주변 선생님들과 형태가 조금 달랐던 것뿐. 우리가 고민해야 하는 것은 늘 '어떻게'였다는 걸 이제는 알고 있다.

그러니 바라건대 사랑을 하기를.
하고 싶은 사랑을 하고, 주고 싶은 만큼 주기를.
사랑이 있는 곳에 정답이라는 건 없고,
아이들은 그 사랑을 배불리 먹을 때 비로소 자라니까.

사랑해요 4반 ♥

J, 어쩌면 기적은 너였을까

우리는 누구나 세상이 내 뜻대로 흘러가지 않음을 느낄
때나, 이따금 칠흑 같은 세상 속에 혼자 남겨진 것 같은 순
간을 경험할 때 두려워진다. 그건 어른이나 아이 할 것 없
이 모두에게 겁나는 일이다. 겨우 마음을 붙잡아 다시 잘
해보겠노라 다짐하지만, 예고 없이 나를 침식하는 우울 앞
에서 우리는 항상 작고 연약하여 주춤하곤 한다. 삼, 사십
대가 되어도 세상의 풍파에 적응하지 못하는 사람들이 허
다한데, 하물며 이제 겨우 십여 년 살아낸 아이들에게는
이 얼마나 버거운 일일 텐가. 힘듦 없이 사는 사람은 없다
지만, 꼭 겪지 않아도 될 힘듦도 있는 법이다. 낯선 세상 쪽
에서 불어오는 날카로운 바람에 맞서다 보면 눈 안에 거친

파도가 넘실대는 것은 어쩌면 당연한 일. 그 눈빛에 휩쓸릴 것을 염려하여 사랑하기를 멈춘다면 아무것도 변화시킬 수 없다는 생각이었다.

J는 여러 아픔으로 방황하던 아이였다. 고압적이고 가부장적인 가정 분위기, 그리고 그것에 대한 도피로 선택한 방황, 점점 멀어지는 친구들과의 관계까지. 그때의 J는 마치 골목 싸움에서 지고 설 곳을 잃은 한 마리의 날 선 고양이 같았다. 내 앞에 앉은 J는 조용했지만 그 아이의 눈에서는 온갖 감정들이 해일처럼 살아 일렁이고 있었다. 나는 그런 J에게 약속했다. 네 가장 마지막에서 손을 잡거나 박수를 치는 사람이 내가 되어주겠노라고. 그날 이후로 나는 J가 학교에 오지 않을 때마다 문자를 보냈다. 답이 돌아오지 않은 적도 많지만 포기하지 않았다. 오고 있는지, 어디쯤인지, 기다린다든지 하는 메시지를 보내는 것이 내 아침 일과가 됐다.

어느 날, 1교시가 조금 지난 시간에 J가 교무실로 들어왔다. 반가움인지, 교무실 문을 두드린 그 아이의 용기 때문인지, 안 본 며칠 사이에 조금은 핼쑥해진 듯한 아이의 얼굴 때문인지는 알 수 없었지만 마음이 울컥 쏟아졌다. 왜 이제 왔는지는 묻지 않았다. J는 학교로 돌아왔고, 나와 이야기하기 위해 여기에 서있었으니까. 한참의 침묵을 깨고 J는 그간의 이야기를 했다. 이야기를 하는 동안 J는 한 번도 나와 눈을 마주하지 않았지만 나는 보았다. 시멘트 바닥에 고정된 아이의 동공이 불안과 초조함으로 쉴 새 없이 흔들리는 것을.

느릿한 J의 말이 끝나고 나는 작게 떨리던 아이의 손 위에 내 손을 포개었다. 그제야 J가 나를 봤다. 그 눈에 대고 나는 약속했다. 이제껏 그래왔듯이 매일 너를 기다리고 있겠다고. 네가 필요하다면 내가 네 친구가, 누나가, 엄마가 되어줄 테니 널 위한 진심 하나가 여기 있음을 기억하라고 말이다. J는 한참 내 얼굴과 마주 잡은 손을 조용히 보다가 작게 고개를 끄덕인 뒤 수업도 듣지 않고 집으로 돌아갔다. 그리고 그날 이후로 J는 단 하루도 결석하지 않았다.

J는 학교로 돌아왔으나 여전히 수업을 잘 듣지는 않았다. 한동안은 엎드려 내내 잠만 잤다. 그러나 빠르진 않아도 분명 조금씩 변화하고 있었다. 매일 학교에 왔고, 넥타이까지 전부 챙겨서 교복도 입었다. 친구들과 대화하기 시작했고, 점심을 챙겨 먹었다. 열심히 공부하진 않아도 잠들지 않는 수업 시간이 늘어갔다. 그렇게 1년이 지나고, 봄바람 부는 이듬해 3월의 J는 여러 친구들 사이에 둘러싸여 얼굴 가득 만연한 생기를 머금고 있었다. 꿈도 생겼다. 열심히 공부해서 이뤄내고 싶은 게 생겼다며 내게 와서 빙글빙글 장난도 쳤다. 그때 J의 눈에 더 이상 태풍이나 파도 같은 건 없었다. 오직 기대와 설렘만이 가득했을 뿐. 그게 나를 얼마나 감격하게 만들었는지 J는 알고 있을까.

이제 J는 성인이 됐다. 어딘가에서 삶의 주체로 살아가고 있을 J의 모습을 상상하면 마음이 살살 간지러워 괜히 한 번 실없이 웃는다. 해가 바뀌는 가장 첫날, 추석, 내 생일… J는 지금도 여전히 내게 가끔 안부를 묻곤 하는데, 나는 그 아이의 마무리 멘트가 늘 좋았다. '사랑합니다, 선생님.'으로 끝나는 인사. 이걸 말하기까지 우리는 얼마나 많은 시간을 돌아왔었나. 사랑 속에서 번성하는 삶의 환희와, 소멸하는 불안을 경험하면서 나는 사랑의 힘을 더욱이 믿게 됐다. 기적이 무엇인지 이제는 안다. 그건 거친 삶의 폭풍우에서도 끝내 침몰하지 않는 사랑이었다. 나에겐 그게 J였다.

Supermarket Flowers

I hope that I see the world as you did

cause I know A life with love is a life that's been lived

당신이 세상을 보는 것처럼

저도 그렇게 세상을 바라볼 수 있으면 좋겠어요.

사랑이 있는 생이야말로 진정한 인생일 테니까요.

Ed Sheeran-Supermarket Flowers 中

지금 일기

B는 섬세하고 예민한 아이였다. 친구들과의 관계에서는 어땠을지 모르겠지만, 내게는 그 아이의 그런 점이 조심스러웠다. 때문에 가까운 관계를 유지하면서도 그 아이가 상처받지 않도록 세심한 주의가 필요했다. 물론 그 아이도 내게 그 누구보다 신중하고 조심스럽게 대했다. 그 아이가 내게 처음 말실수를 했을 때에도, 잘못을 인식한 B는 깜짝 놀라며 그것이 절대 자신이 뜻한 바가 아니었으며, 자신의 행동으로 상처받았을 내 마음에 대해 한참이나 용서를 구했다. 그리고 '스스로에 대한 벌'로 한동안 나를 보며 도망을 다니는 귀여운 짓을 하기도 했다. 그게 '벌'인 줄 몰랐던 내가 도대체 왜 나를 피하는 것이냐며 도망가는 B를 붙잡기 위해 복도를 우다다 뛰는 우스꽝스러운 술래잡기를 하기도 했지만.

B는 진심을 전하는 것을 어려워했다. 그게 고민이라며 내게 제법 길게 상담을 한 적도 있다. 자신은 주변 사람들에게 보여주는 것과 보여지는 것 모두가 어려운데 선생님은 어떻게 그렇게 모두와 스스럼없이 지낼 수 있냐며 한숨

을 쉬기도 했다. 그런 B에게 내가 해줄 수 있는 건 있는 그대로의 투명한 사랑을 들려주는 것이었다. 그건 내가 제일 자신 있는 것이었으니까.

사랑에 대한 것들을 말해주는 누군가가 곁에 있으면 잘 익은 봉숭아꽃에서 툭 하고 씨앗이 터져 나오듯 언젠가 네 입 끝에서도 미처 참아내지 못한 사랑의 문장이 쏟아지는 날이 오겠지 하고 생각했다. 때문에 나는 말로, 텍스트로, 표정으로, 행동으로 끊임없이 B에게 사랑과 아름다움에 대한 이야기를 전했다. 그리고 마지막 인사를 하는 날, B는 내게 이런 편지를 남겼다.

선생님,
저는 선생님께서 아무렇지 않게 하시는 말과 행동에서
많은 것을 배웠나 봐요.
선생님께 연애나 연고로 이루어진 사랑이 아닌 있는 그대로,
보는 그대로의 사랑하는 법을 배운 것 같아요.
저도 선생님 있는 그대로 사랑해요.
사랑해요.

어려운 일이다. 사랑을 말하는 것은. 매일 하루 치의 사랑을 생산하고 그 사랑을 모두 소진하고 잠들기를 소망하는 내게도 그렇다. 그러나 이것은 멈출 수 없는 강과 같은 것. 사랑의 대화는 입 끝에서 시작되고 사람의 귓바퀴를 지나 마주한 이의 동공에 마주 닿을 때 비로소 시작되는 것이니까. 그 사랑이 결국 어디로 향하는지 이제는 알고 있으니까.

네 몫의 사랑 또한 번성하기를

오늘은 그냥 길게 다른 말을 적기보다 사랑한다고 말해주고 싶었어. 너희는 사랑한다는 말을 자주 하지 않으니까. 누군가 옆에서 사랑한다는 말을 자꾸 해주면 언젠가 너희도 사랑을 더 잘 표현하는 사람이 되지 않을까. 내 사랑한다는 말이 너희에게 그저 낯뜨거운 말로 들리지 않는다면 좋을 텐데. 사랑해, 언젠가 끝없이 번성하게 될 네 몫의 사랑까지도.

불안

우리는 늘 불안 속에서 산다. 사회적 구조에 의거한 이데올로기적 문제에서 비롯된 현실적인 불안부터, 개인의 심리적 상태를 반영한 내적 불안까지 우리를 불안하게 하는 것들은 우리 주변에 늘 만연해 있다. 나와 일상을 공유하며 비슷한 매일을 보냈던 친구가 어느 순간 나보다 조금 더 성장해 있는 것을 느끼거나, 남들은 척척 성취를 이룩하며 삶의 기쁨을 만끽하는 것 같은데 왠지 나만 제자리걸음을 반복하는 것 같을 때(특히 다른 사람들의 SNS를 볼 때 그렇다.) 마음이 어지럽게 헝클어진다. 하지만 어쩌면 내가 경험했던 불안은 사실은 도피이거나, 어쩌면 스스로 만들어 낸 환상은 아니었을까.

학생들과 이야기하다 보면 마음 안에 다양한 불안이 자리하고 있음을 알 수 있다. 아무래도 변화와 성장의 소용돌이 한가운데에서 살고 있기 때문이겠지. 흔들린다고 해서 약한 것은 아닌데. 그러니 부담과 불안이 나를 좀먹지 않도록 스스로를 사랑하는 힘을 길러야만 한다. 내가 아이들에게 종종 하는 말인데. 우리는, 그리고 너희는 존재만으로 빛나고 가치 있는 사람임을 부디 잊지 않았으면 좋겠다. 우리 교사들이 끊임없이 너희를 사랑한다 말하는 것은, 그렇게 자라난 너희들이 언젠가 경쟁과 비난이 가득한 세상과 마주했을 때에도 강하고 단단한 마음으로 이겨낼 수 있는 어른으로 성장하기를 바라기 때문이기도 하니까. 불안하고 막막할 때에는 언제든 문을 두드리렴. 우린 언제나 여기 있고, 너희의 이야기를 기다리고 있으니까.

'잡'스러운 것

교실에는 다양한 학생들이 있다. 털털한 아이, 말이 많은 아이, 리더십이 뛰어난 아이, 책을 좋아하는 아이, 운동을 잘하는 아이, 눈물이 많은 아이, 꾸미는 것을 좋아하는 아이…. 그리고 자발적으로 주목받길 원하지 않는 아이도 있다. S는 그런 아이였다.

S는 늘 조용했다. 학교 행사 어디에도 참여하지 않았고, 수업 시간에도 발표 한번 한 적이 없었다. 선생님들은 입을 모아 그 아이의 무기력함을 걱정스러워 했고, 나 또한 의욕적이지 못한 모습이 눈에 밟혀서 상담이라도 해보려고 하면, 자신은 불편하지도 않고 불만이 있는 것도 아니라며

정중히 거절하곤 했다. 그 아이 앞에만 서면 내가 해줄 수 있는 것이 없는 것 같아 내내 마음이 무거워졌다. S는 그렇게 오랫동안 나를 포함한 모든 선생님 앞에서 침묵으로 일관했다.

얼마 뒤, 아이들이 수행평가로 보고서를 작성해서 제출했다. 별생각 없이 아이들의 글을 읽고 있다가 그 아이의 것이 손에 잡혔는데, 나는 그 글을 읽으며 당황할 수밖에 없었다. 세상에 관심이라고는 없을 것만 같았던 그 아이의 글이 반짝반짝 빛나고 있었기 때문이었다. 훌륭한 문체와 논리적인 글, 게다가 자신이 음악을 들으며 느꼈던 숭고한 감정들이 잘 정리되어 있었다. 후에 알았지만 S의 취미는 SNS에 자신의 이야기를 적는 것이었고, 그 글은 오랜 시간에 걸쳐 다듬어진 문장들을 모아 만든 것이었다. S는 말을 하는 것 대신 '쓰기'라는 자신만의 방법으로 세상과 소통하고 자신의 가치를 증명하고 있었다. 주로 '말하는' 우리가 그것을 미처 눈치채지 못했을 뿐.

나는 식물에 대해서는 거의 문외한이다. 식물을 기르는 게 취미인 친구가 이 풀은, 저 꽃은 하고 한참 내게 설명해 준 적도 있지만 단 한 개의 이름도 제대로 기억하지 못한다. 이걸 쓰는 와중에도 생각나는 풀이라고는 강아지풀, 애기 똥풀, 들풀(이것도 '풀'의 종류로 쳐주는지는 모르겠다만) 정도고, 꽃이라고 해봐야 장미나 해바라기 같은 흔한 것들밖에 떠 오르지 않는다. 하지만 내가 알거나 모르는 것과는 관계없 이 모든 식물이 각각의 삶과 생장을 계획하며 주체적으로 살아간다는 사실은 자명하다.

식물은 어떤 모습을 한다 해도 식물이라는 사실로서 식물 이다. 일반적인 식물이라 함은 응당 흙에 뿌리를 내리고 살 아야 할 것이라 생각하지만, 평생을 물에 떠다니며 살아가 는 식물도 있다. 식물은 당연히 햇빛을 받아야 자란다고 하지만 음지에서 비로소 뿌리를 내리는 음지식물도 있으 며, 꽃 없이는 열매를 맺을 수 없다지만 열매 안에 꽃을 피 우는 무화과가 있다. 언젠가 본 식물도감에서는 우리가 식 용과 관상용으로 사용하는 식물은 전체의 5%가 채 되지 않는다고 했다. 하지만 우리는 어리석게도 우리 눈에 잘 띄지 않거나, 잘 모르는 식물이거나, 먹을 수 없다는 이유로 95%의 식물들에게 '잡'초라는 이름을 붙이곤 한다.

세상이 정해놓은 정답에 어긋난다고 해서 색안경 너머로 상대를 재단하는 다수의 우리는 과연 무슨 답을 듣고 싶은 것일까. 자신만의 생존지에 자리를 잡은 아이에게 '틀렸다'고 말할 수 있는 사람은 그 누구도 없다는 걸 잠시간 잊었다. 아이들 각각이 뿌리내릴 마땅한 공간을 내어주기 위해서 나는 얼마나 넓은 마음을 일구어야 하는 걸까. 그 방대함을 상상하면 머리가 아득해지는 듯하지만, 그 또한 내 사명임을 잊지 않을 것.

어른

언젠가 한 아이가 내게 빨리 '어른'이 되고 싶다고 말한 적이 있다. 너희에게 '어른'은 어떤 의미일까. 그 단어가 품은 외로움과 공허함에 나는 코가 시린데. 어른이 아님에도 너희 앞에서 늘 어른이어야 했던 탓에 나는 조금 지쳤었다. 앞서 인생을 경험하였으니 세상의 풍파 앞에서도 유연하게 굴 수 있는 사람, 쉽게 울지 않고 단단한 마음을 가진 사람, 선택과 책임을 손안에 쥐고 자유로이 삶을 향유하는 사람이 너희가 바라는 대부분의 어른이었으니까.

되돌아보면 나도 그랬다. 교복을 입고 쉬는 시간마다 복도를 누비던 철없는 시절의 나도, 어른이 되기만 하면 내 세상이 크게 성숙해지는 줄로만 알았다. 그래서 사회에 나와 '진짜 어른'들을 마주하는 순간마다, 나는 두려웠다. 여전히 쉽게 울어서, 물렁하고 유약한 마음이 도대체 단단하게 굳어지지를 않아서, 내 등 뒤에 잔뜩 업혀진 이름들의 무게로 자유롭지 못해서. 너희에게 나는 어떤 어른이었는지 알 수 없다만, 내가 어른이라 불리울 때부터 나는 잠시도 어른이고 싶은 적이 없었다.

나는 너희가 조금만 더 오랫동안 서툴고, 아이 같기를 바랐다. 억지로 단단해지지 않아도 괜찮을 시간을 오랫동안 유예했으면 좋겠다. 들어 달라, 힘들다 떼써도 괜찮으니 마음껏 흔들리고 많은 것을 경험했으면 했다. 그 모든 시간 속에서 끝없이 사랑을 주고받으면서. 어른의 취급을 받게 된 이후 겪었던 수많은 고단함 중에서 나를 가장 슬프게 했던 것은 사랑의 부재였다. 사랑을 읽고, 쓰고 말할 여유가 도무지 없는 어른들 사이에서 나는 늘 미끄라지였으니까. 그러니 아직 작고 어린 너희는 '어른'이 되기까지 치열하고 순수하게 사랑을 했으면 했다. 가장 둥글고 깨끗한 사랑을 꺼내어 자랑하기를 바랐다. 사랑과 표현에 익숙한 너희가 자라나면, 외롭고 불완전한 것들에게도 따뜻한 손길을 내밀 수 있는 세상이 되지 않을까 싶어서. 훗날 내 나이 즈음이 된 너희에게, 지금의 하루가 찬란했던 미완의 시절로 기억되는 것을 상상한다. 그 안온한 기억이 어른이 되어버린 네 고달픔마저 위로해 주기를 바라며. 그러니 부디 천천히 자라렴. 넘실대는 사랑 속에 조금 더 깊게, 조금 더 오래 머물면서.

가장 낮은 곳의 이야기

수업을 많이 들어가는 반이 아니었음에도 나를 잘 따르던 학생이 한 명 있었다. 그 아이는 수업이 끝남을 알리는 종이 울리면 하던 일을 모두 제쳐놓고 매번 나를 따라 교무실까지 걷곤 했다. 함께 걷는 동안 그 아이는 내게 자신의 비밀이나 속마음 같은 것들을 조잘조잘 이야기했다. 그러다 교무실에 도착하면 나는 그 아이의 손에 초콜릿이나 과자를 한두 개씩 쥐여주며 즐거웠던 잠깐의 수다 타임에 대한 감사 인사를 대신했다. 학업 스트레스와 입시에 대한 압박감으로 그 아이가 나를 찾아와 2시간이 넘도록 울며 상담을 했던 그 날, 그 아이는 내게 입이 닳도록 여러 번 고맙다며 고개를 숙였다. 그때의 나는 내 존재 이유를 한

번 더 확인받았다는 벅참에 퇴근길 내내 울컥 차오르는
마음을 달래느라 애를 써야 했다.

악몽은 예고 없이 들이닥쳤다. 방학을 맞아 후련한 마음
으로 제주 이곳저곳을 여행하던 중이었다. 처음 보는 이름
의 누군가에게 한 통의 문자를 받았다. 그 문자가 내 일상
을 송두리째 무너트릴 것이라는 건 상상도 하지 못한 채.
문자의 내용은 내 신상과 사진이 악의적인 의도를 가지고
SNS에 올라와 있다는 제보였다. 하늘이 노래지고 주체할
수 없이 몸이 덜덜 떨렸다. 왜? 누가? 놀람인지 두려움인
지 구분하기 어려운 감정에 걷는 방법조차 잊어버린 듯했
던 그 날, 나는 내 인생에 가장 끔찍한 밤을 보내야 했다.
잠 한숨 자지 못하고 밤새 바다 근처를 서성이던 나는 결
국 급하게 새벽 비행기를 타고 서울로 올라와 경찰서에 가
서 조사를 받았다. 딱딱한 경찰서 의자에 앉아, 내게 일어
난 일을 이야기할 때에는 이따금씩 들이닥치는 공포를 참
아야 했다. 조사 이후, 여러 날에 걸쳐 누가 그런 짓을 한
것인지 알아보는 동안 나는 매일 죽어갔다. 모든 증거들이

나와 함께 걷고, 울고, 웃었던 그 아이를 향하고 있었기 때문에.

처음으로 죽을 만큼 학생이 미웠다. 이미 줘버린 사랑을 후회했다. 내 잘못이 아닌데 나를 향하던 비난과 눈초리에 안 그래도 위태하던 마음이 조각조각 썰려나갔다. 그 당시의 나는 단 하루도 혼자 있을 수 없었다. 혼자 남겨지는 시간이 생기면 곧장 머릿속이 하얘지면서 죽음이 눈앞에 바짝 다가온 것처럼 느껴졌기 때문에. 그때의 내가 나를 보호하기 위한 유일한 방법은 학교라는 공간에서 도망치는 것이었다. 그곳에 남아있으면 내가 사랑하는 또 다른 아이들을 위해 준비한 마음에도 온통 썩은 내가 묻을 것 같았다. 그게 너무 두려웠다.

아이들은 급작스럽게 학교를 떠나는 나를 이해하지 못했다. 그렇게 홀로 이별을 준비하고 있던 어느 날, 한 학생에게 뜬금없는 메시지를 받았다. 요즘 선생님의 표정이 좋지 않아 보여 걱정을 했다면서, '저는 늘 선생님의 행복을 바라요.' 라고. 잘 참아왔다고 생각했는데 주체할 수 없이 눈물이 났다. 갈기갈기 찢긴 마음이 엉성하게나마 다시 붙는 것 같았다. 학생에게 다친 마음을 또다시 학생을 통해 치유 받는다는 것이 아이러니하지만, 그 짧은 문장이 나에겐 간절했던 것이다. 겨우 그 한마디가 가장 낮고 어두운 곳에서 만난 한 줄기 빛과도 같았으니까.

어쩔 수 없음을 인정하기로 했다. 한두 명에게 상처받았다고 해서 모두에게 등을 돌리기에는 준비해 놓은 사랑이 너무 많았다. 상처가 채 아물지 않았지만, 나는 또다시 학교로 돌아왔다. 내 행복을 빌어주는 아이가, 그리고 앞으로 품게 될 또 다른 사랑들이 사는 곳으로. 어렵게 돌아온 만큼 고단하게 사랑하고 품으리라 약속하면서.

내 남은 사랑이 모두 소진될 때까지
마지막으로 조금만 더 버텨보겠노라, 버티겠노라.
하면서.

나는 이 마음을 사랑이라고 불러

한 학생이 내 사랑의 외침이 진심인지 물었어. 그 질문을 받았던 날, 나는 늦은 시간까지 잠들지 못하고 사랑의 근원에 대해 의심해야 했다. 이 사랑이 거짓은 아닌지, 밀랍 같은 익숙함으로 굳어져 의식하지 못한 채 안부 인사처럼 사용되지는 않았는지, 내 사랑의 무게가 흩어지는 안개같이 가벼워지지는 않았는지. 끊임없이 스스로에게 되물었어.

오랜 고민 끝에 내린 결론은 꾸며진 것도, 습관도 아니고 그냥 사랑하는 것 같다. 여전히 나는 너희가 나로 인해 웃거나 즐거워하고, 내 앞에서 노래하는 모습에 행복해. 지나간 학생이라고 그립지 않은 것도 아니다. 주책처럼 보일지도 모르겠지만 나는 일요일 오후가 되면 늘 너희가 보고 싶다는 생각을 한다. 내 주위로 몰려들어 시시콜콜한 수다를 떠는 것을 들어주는 게 내 삶의 보람이라서, 오랫동안 들어주기 위해 더 열심히 살게 돼. 너희가 아프거나 다치면 온종일 마음이 덜덜 떨리고, 언젠가 모두를 척척 이름으로 불러주고 싶어서 사진도 없는 명렬표를 몇 번이나 중얼거린다. 너희가 울기라도 하면 그 원인이 내가 아니더라도 마음이 시려서 퇴근길에는 꼭 내가 울게 된다. 이걸 사랑 말고 어떤 단어로 담을 수 있는 건지 나는 잘 모르겠어.

너희를 향한 고백이 늘 공기같이 너희와 함께하길 바랐는데, 그게 누군가에게는 부담이거나 상처였을까. 하지만 이 마음이 너무 오래되어서 사랑하지 않는 법을 찾지 못하겠어. 다만 너희가 그걸 조금 더 진솔하게 느낄 수 있도록 조금은 더 천천히 걸을게. 지금 같은 공간에서 살고 있는 너희와 나를 스쳐 간 지난날의 사랑들에게 약속하건대, 나는 너희의 마음이 가장 날카롭고 위태할 때에도 언제나 여기서 너희의 이야기를 위해 기다릴게.

그럼에도

아프지 않았다면 거짓이고
상처받은 적 없다면 위선이다
가장 깊은 절망 속에서 겨우 기어 올라온 내게
어떤 사람들은 또다시 목을 졸랐다.

그럼에도 여전히 여기 살고 있는 건
언제나 그놈의 단비 같은 사랑 때문이었다.

소중한 나의 Y

아이들은 종종 친구 관계에서 비롯된 문제를 안고 내 앞에 앉는다. 폭풍과 같은 매일을 사는 아이들의 세상은 우정이나 사랑과 같은 관계를 중심으로 끊임없이 자전하고 있다. 그리고 그건 이미 어른이 되어버린 지난날의 우리도 지나온 것이다. 우리는 늘 '진정한 의미'의 친구를 가지는 것을 소망한다. 내 가장 깊은 곳에 자리한 농도 깊은 이야기부터 가장 바깥쪽에 위치한 가볍고 날것의 것까지 모두 이해해 주는 친구를 찾아 떠나는 여행은 우리 생에 걸쳐 계속되곤 한다.

내게는 세상 무엇과도 바꿀 수 없는 소중한 친구 Y가 있다. 고등학교 1학년 초반의 나는 제법 친구들과 잘 어울리는 편이었다. 그러다 자연스럽게 어울리는 무리가 나누어졌는데, 그 어느 무리에서도 나를 받아주지 않았다. 친구가 세상의 전부였을 여고생에게 함께 다닐 사람이 없다는 것은 그야말로 청천벽력같은 일이었다. 그런데 어느 날, 혼자 멀뚱히 앉아있던 내게 누군가 뜬금없이 "이따 밥 같이 먹을래?"라고 묻는 것이다. 그게 Y였다. 그날 이후로 우리는 수없이 많은 식사를 함께하고, 세상 이곳저곳을 함께 여행했으며, 오랜 시간 각자의 세상 이야기를 듣고, 많은 밤을 새우며 대화했다. 십 년이 훌쩍 넘는 시간이 흐른 지금까지도, Y는 변함없이 내 가장 가까운 곁에 머무르며 내 영혼의 단짝이 되어주었다.

Y는 차분하고 조용한 반면에 나는 늘 주변이 북적이고 바쁘게 사는 걸 좋아한다. Y는 밤에, 나는 한낮에 가장 큰 에너지를 가진다. 뜨개질이나 캘리그라피, 그림 그리기와 같은 것을 취미로 하는 Y와, 테니스나 헬스 같은 스포츠로

여가시간을 보내는 나의 대화는 자주 서로를 신기해하며 끝나곤 했다. Y는 백 가지 중 아흔아홉 가지가 나와 달랐다. 그러나 나에게 꼭 맞는 다정함, 그 한 가지가 내겐 너무나도 중요했다. 나를 둘러싼 모든 것들을 멋대로 재단하지 않고, 묵묵히 내 곁을 지키며, 어떤 순간에도 나는 너와 함께일 거라 말해주는 그 따뜻함이 좋아서, 나는 기꺼이 아흔아홉 가지 정도는 Y에게 맡기기로 했던 것이었다.

그 아흔아홉 개의 이해를 위해 우리도 여러 번 치열한 오해를 지나와야 했다. 사소한 걸로 서운해하기도 하고, 속으로 삭이고 있다가 감정의 골이 깊어져 한동안 둘이 단 한마디 말도 하지 않은 적도 있다. 얼렁뚱땅 화해하고 또다시 데면데면한 날을 보낸 적도 여러 번 있다. 그럼에도 Y가 내 곁을 비운 적은 단 한 번도 없었다. 다시 대화하는 데까지 한참을 기다려야 했더라도 절대 내 자리를 치워버리진 않았다. 그렇게 오랜 시간 희로애락을 함께하고 나니, 우리는 비로소 더욱이 단단해질 수 있었다.

사람들은 인생에 '진짜 내 편' 하나만 있어도 성공이라는 말을 목숨처럼 믿고 진짜 친구와 가짜 친구를 구분하기 위해 애쓰곤 한다. 진짜라고 믿었던 친구가 사실 나와 잘 맞지 않는 '가짜'라고 느껴지면 크게 배신감을 느끼고, 재빠르게 내가 만들어 놓은 '진짜'만 들어올 수 있는 울타리 바깥으로 그를 던져버리는 것이다. 어린 날의 나도 그랬으니까. 그러나 '내 사람'이란 건 잘 만든 도자기와 같아서 오랜 시간 공을 들여야 비로소 얻을 수 있는 것이었다. 여러 번 매만지고, 뜨거운 가마 앞을 지키는 게 고단할지언정 도자기가 완전히 구워질 때까지 절대 그 앞을 떠나서는 안 되는 것. 잘 구워진 도자기에 조심스럽게 칠을 바르고 금이 간 곳은 없는지 자주 확인해 주어야 하는 것. 그 과정이 정성스러울수록 우아하고 단단한 도자기가 만들어지듯이 견고한 우정을 쌓기 위해서는 인내와 기다림이 필요한 것이었다.

그러니 우리는 상대의 다양한 모습과 표정을 오래 기억해 주고, 치열하게 대화할 준비를 해야 하는 것이다. 훗날 '내 사람'이 되어줄 누군가를 위해서. 지친 저녁 말없이 토닥이던 손길에 마음이 녹았다거나, 쪽지에 적힌 장난스러운 말에 복잡하던 머릿속이 잠시나마 환하게 밝아지는 경험을 했다거나, 내밀어준 손이 유난히 따스해서 나도 모르게 눈물이 났다거나 하는 유치하고 멜랑콜리한 것들이 이제껏 Y를 사랑하게 만든 이유가 되어준 것처럼 작은 것으로도 기뻐하기를. 그런 것들이 쌓이면 비로소 '우정'이 되니까. 우정은 기억이 아니라 감각임을 잊지 말 것. 그러니 우리 아이들의 '우정'도 쉽게 재단되지 않기를. 빠르게 엮어진다고 가벼이 하지 않고, 오래되었다고 방치하지 않기를. 잘 빚어진 도자기에 아름다운 이야기가 담기는 날까지 곁에 선 사람들을 내내 아껴주기를. 마주 잡은 손을 놓지 않기를.

지금 일기

빛나는 것

아이들이 준 편지에서 나는 종종 '빛나는 사람'이었다. 때때로 아이들은 내가 준 빛과 사랑으로 겨우 다시 일어나 걸을 힘을 얻었다면서 내게 고마워하기도 했다. 그 문장을 처음 보았을 때 나는 너희가 씨앗이나 식물 같다고 생각했다. 빛을 많이 먹고 자란 식물은 통통하고 푸른 잎을 가지는데, 너희도 나로 인해 통통한 마음을 가지게 되었을까. 그랬다면 좋았을 텐데. 아무튼, 아이들은 가끔 내게 물었다. 어떻게 그럴 수 있느냐고. 언제나 에너지를 갖고 사는 것도, 끊임없이 사랑을 말하는 것도 빛나고 멋져 보였다면서 나를 부러워했다. 그런 말을 하면서 아이들은 자꾸 자신이 아무것도 아닌 것처럼 굴었다. 그게 나로서는 참 이해되지 않는 일이었다.

빛난다는 것은 뭘까. 그건 대단한 무언가를 한다고 얻어지
는 것도 아니거니와, 외모나 성적에 관한 것은 더더욱 아니
다. 하지만, 사실 아이들은 이미 자주 빛나고 있었다. 그것
도 아주 사소하고 일상적인 것들로부터. 무대에 선 아이는
신난 표정으로 노래를 부를 때 반짝반짝 빛이 났다. 복도
에서 우연히 마주친 아이가 "선생님~" 하고 멀리서부터 내
게로 뛰어올 때도 그랬다. 모닥불 앞에 둘러앉아 스피커에
서 나오는 노래를 따라 흥얼거리던 아이들의 밤도 빛났다.
주머니에서 꼬깃꼬깃한 편지를 꺼내 내게 주던 아이의 쑥
스러운 손길도 빛났다. 외투 안에 직접 뜬 목도리를 숨겨놓
았다가 스윽 꺼내주던 아이의 다정함에서도 따뜻한 빛이
났다. 코가 빠지고 예쁜 포장지도 없었지만 그건 조금도 문
제 되지 않았다. 그 자체로 아름다웠으니까. 자신도 슬퍼
울고 있었으면서 다른 아이가 우는 것을 보자, 꼬옥 품에
안아 등을 도닥여 주던 아이도 빛났다. 같은 반 친구들을
위해 꼭 들려주고 싶은 노래가 있다며 쪽지에 써서 주던

아이도 있었다. 쪽지에는 자신이 힘들 때 위로가 되어 준 노래라면서, 이 노래를 틀어주면 아마도 우리 반 친구들도 힘이 날 거라고, 꼭 그랬으면 좋겠다고 적혀있었다. 그 마음에서도 온화하고 다정한 빛이 났다. 빈틈없이 광휘로웠던 까닭에 아이들은 스스로가 빛나고 있음을 눈치조차 채지 못했다. 유일한 목격자였던 나만이 그 찬란함 속에 오래도록 표류하게 될 뿐.

내가 살고 있는 동네는 공기가 썩 좋지 않은 탓에 많아 봐야 스무 개 안팎의 별이 뜬다. 그러나 같은 동네여도 집 근처 인적이 드문 언덕에 오르면 땅에서 보는 것보다 별을 몇 개는 더 볼 수 있었는데, 나는 그게 좋아서 맑은 날을 골라 종종 그 언덕을 산책하곤 했다. 그러다 얼마 전, 우연한 기회로 강원도의 '안반데기'라는 곳에 가게 되었다. '안반데기'는 하늘과 맞닿은 곳에 있는 배추밭인데, 가로등 하나 없는 어두운 길을 따라 한참 산길을 거슬러 올라야만 만날 수 있다. 큰 기대 없이 도착한 그곳에는 태어나 처음 보는 수천 개의 별의 군락이 있었다. 눈이 멀 정도로 경이

로운 밤하늘 아래에서 나는 한동안 입을 틀어막고 기쁨의 비명을 삼켰다. 쉴 새 없이 반짝이는 신비로운 빛 아래를 지키고 서있다가, 문득 그런 생각을 했다. 어쩌면 이 별들은 우리 동네에도 있었는지도 모르겠다고. 그간 존재하지 않았던 별이 마침 지금, 오직 이곳에서만 태어난 것은 아니었을 거라고. 저 별들은 오래전 태어나 끊임없이 반짝이고 있었는데, 내가 너무 멀리 있어서 보지 못한 것이었다고. 이곳에 닿기까지 쏟아지는 졸음과 싸우고, 어둠을 헤치는 약간의 용기가 필요했지만, 그 수고로움의 대가로 나는 밤의 장막을 걷어낸 하늘의 뒤편이 얼마나 황홀한지 알게 되었다.

아이들도 그렇다. 스스로 빛나지 않는다고 여기는 순간에도 아이들은 끊임없이 빛을 낸다. 다만, 그것을 말해주는 이가 필요했을 뿐. 아이들과 사는 동안 나는 여린 영혼들이 홀로 어둠을 지키고 있다는 착각 속에 살지 않기를 바랐다. 때문에 나는 늘 외로운 아이들 곁에 바짝 서서 매일의 순간순간을 지켜봐 주었던 것이다. 사실 네가 얼마나 빛나는 사람인지, 그게 얼마나 어여쁜지 말해주면서. 그렇게 말해줄 때마다 아이들은 세상 쪽으로 한 발자국씩 걸었다. 조금씩, 그리고 천천히 장막을 걷어내던 아이들은 매일 더 고와지고, 매일 더 빛나는 사람이 되어갔다.

그간 자신의 빛남에 확신하기 어려웠다면 곁에 선 사람들로부터 내가 너무 멀리 떨어져 있는 것은 아닌지 살펴보는 것은 어떨까. 만약 그렇다면 한 발자국 다가가 조금은 더 너른 마음으로 안아주고, 다정한 귀로 들어주기를. 솔직하게 존중하고 상대의 속도대로 기다려 주기를. 그럼 언젠가 어둠을 헤치고 네게로 걸어 온 누군가가 말해줄 테니. 곁을 차지하기까지 수차례 마주했던 너는 그동안 얼마나 빛나는 사람이었는지. 그게 얼마나 눈부시게 아름다웠는지.

너의 일기장

요즘은 좀 어때?

유서처럼 적히던 네 일기는 끝이 났을까.

더 들어주지 못해서 미안해.

그래도 나는 네가 살기를 바랐어.

너는 왜 그런 생각을 했을까.

몸을 동그랗게 만 채 덧없이 시간을 축내는 동안

쓸쓸함을 실어 나르던 바람도 조금은 순해졌을까.

이젠 꿈에서 깨어야 할 시간이야.

어쩌다 이런 세상에 살고 있는 걸까, 우리는.
젖 먹던 힘마저 끌어다 쓰는 걸 사람들은 평범이라 불러.
하지만 너는 예고 없이 살게 된 것이었으니
조금 더 앉아있다가 걸어도 늦지는 않아.
낭만을 낭만이라 부르지 않는 사람들 사이에서
사랑을 말하는 건 참 숨이 막히는 일이야, 그렇지?

알고 있니?
너와 함께한 것들을 나는 내내 아꼈어.
끝내 덮이지 못한 네 일기장처럼
내게도 숨 쉴 구멍이 필요했던 거야.
그게 사랑이었다고 해두자.

그러니, 우리 그러지 말자.
더 나은 세상을 만들지 못한 어른은 나였으니,
다듬어지지 못한 마음은 여기 두고 가렴.
그럼 너도 다시 일어나는 법을 기억해 낼까.

지금 일기

나태주 선생님께

선생님, 안녕하세요.

저는 얼마 전 다녀가신 한 고등학교의 음악 교사입니다.

지난번 급히 돌아가시느라 감사 인사를 제대로 드리지 못한 것이 못내 아쉬워 이렇게 펜을 듭니다.

저 말고도 수많은 사람들이 선생님의 글로써 용기와 위로를 얻었다 말했을 테니 감흥 없이 들릴지도 모르겠지만, 선생님의 시가 제게는 사랑이고 연민이고 우정이었다 말하고 싶습니다. 제 이십 대는 선생님의 글 앞에서 여러 번 울고, 웃고, 앉고, 눕고, 기대었으니까요.

너무 흔해서 시선조차 잘 닿지 않는 풀꽃을 가여워하시고, 구름 한 점마다 사랑을 두고, 내 것이 아닌 꿈에도 애정을 담다니요. 눈과 마음을 얼마나 다듬어야 그렇게 세상을 볼 수 있는 것인지요. 선생님의 세상 앞에 선 저는 언제나 한없이 작습니다.

강연 날, 마이크를 잡은 손과 입이 떨려서 미처 전하지 못한 말은 이것이었습니다. 저도 선생님과 같은 눈으로 세상을 바라보기를 간절히 원합니다. 그러면 제 앞에 앉은 이 작은 아이들의 정제되지 않은 마음도 가엾게 여기고 진실한 행복을 빌어줄 수 있을 것 같기 때문입니다. 해를 거듭하고 수많은 학생들을 만나면서 이 미숙한 마음들을 무한히 사랑하지 않고서는 오랫동안 이 자리에 서있을 수 없다는 것을 느낍니다. 조금 더 오랜 시간을 아이들과 함께 살기 위해서 작은 것에 감탄하고 안타까운 것들에 곁을 내어주는 법을 배우고 싶은데, 어떻게 하면 선생님처럼 보고, 듣고, 숨 쉴 수 있는지 여쭙고 싶었습니다.

선생님께서는 그 물음에 대한 답으로 있는 그대로 아름다우니 노력할 것 없이 그저 '하라'라고 말씀하셨지요. 끊임없이 노력하지 않으면 '진정한 교사'가 될 수 없다고 스스로를 다그쳐왔던 제게 해일과 같은 충격을 주는 말이었습니다.

강연이 끝난 뒤, 저는 꽤 오랜 시간을 들여 고민해 보았습니다. 제가 어떤 교사가 되어야 하는지, 저는 이 아이들을 진정으로 사랑하고 있는 것인지 말입니다. 여러 번 고민해 보아도 저는 이 마음을 사랑 말고 무엇으로 표현할 수 있는지 잘 모르겠습니다. 다만, 아름다운 단어를 줄줄이 사용하지 않고도 사랑을 표현할 수 있다는 것을 저는 오랜 시간 놓치고 있었던 것이 아니었을까 하고 생각했습니다.

선생님, 저는 제 삶 자체가 학생의 삶을 관통하는 아름다운 사람이 되고 싶습니다. 그래서 걸음 한 자, 말 한마디, 한 번의 스침에도 의미 부여하기를 좋아하지요. 그렇게 조심스럽게 가꾼 삶이 언젠가 학생들의 삶에 맞닿으면, 그 아이들의 세상도 조금은 더 섬세하고 아름다워질 것이라고 믿기 때문입니다. 그러니 비록 선생님 같은 눈을 갖지는 못하여도, 사랑과 아름다움에 대해 말하기를 멈추지 않는 삶을 살겠습니다.

선생님의 말씀을 빌려서,
신이 허락하신 오늘 하루 치의 사랑과 평안과 따스함과 부드러움을 전합니다.

수능을 앞둔 너희에게

나는 여러 해 동안 고3 학생들을 가르쳐왔고, 십 대의 마지막을 향해 달려가는 고단하고 불안한 마음에 관한 이야기를 꾸준히 들어왔다. 그러므로 이 시기 즈음에 들려오는 텁텁하고 쓴 이야기들에 조금은 익숙해졌다고 착각했던 것이다. 나는 분명 매일 학교에 있지만, 오늘도 너희를 한 명도 마주하지 못했다. 공기 가득 끈끈하게 들러붙은 불안과 긴장을 헤집는 것이 머쓱하고 미안해서 교실 문을 여는 것조차 쉽지 않다. 가끔 숨을 쉬러 나를 찾는 아이들에게 단 5분이라도 옆에 앉혀놓고 한숨을 들어주고 손에 초콜릿이나 한두 개 쥐여주는 것 말고 내가 할 수 있는 것은 아무것도 없다. 다만, 너희의 한숨이라도 조금이나마 덜어줄 수 있다면 더할 나위 없이 좋겠다고 바랄 뿐.

나는 다리를 크게 다쳐서 몇 달간 제대로 걷지 못한 적이
있었다. 걷고 뛰는 것은 고사하고 똑바로 서거나 의자에
앉는 것만으로도 무릎이 터지는 느낌이 들어 누워만 있거
나 벽을 잡고 다리를 질질 끌며 걸었다. 그런 내 처지에 화
가 나서 차라리 다리를 잘라달라고 울며 부모님 가슴에
못을 박은 적도 있다. 그렇게 무력함 속에 빠져있다가 이렇
게 살다간 정말로 휠체어를 타겠구나 싶어 재활의 목적으
로 필라테스를 시작했다.

남들은 다리를 찢고 허리를 이리저리 휘는 동작을 하는데
난 처음 필라테스를 간 날 두 다리를 제대로 짚고 서는 것
부터 배웠다. 아픈 다리를 끌고 매일 운동을 하러 갔다. 다
른 사람들보다 느렸지만 나는 조금씩 걷고, 공 위에 서고,
다리에 힘을 주어 스프링을 눌렀다. 일 년 정도가 지난 후
에는 포스터에서만 보던 공중에 매달리는 동작도 어렵지
않게 해낼 수 있었다. 몇 년이 지난 지금은 자주 런닝을 하
고 테니스를 치고, 헬스를 하면서 조금씩 체력을 기르고
있다. 올해 초에는 눈 덮인 한라산을 7시간 만에 거뜬히

오르기도 했다. 운동을 즐기는 내 모습을 보며 학생들이 가끔 체육 선생님 아니냐며 놀리기도 했지만, 과거에는 들을 수 없었던 별명이었으므로 나는 그 별명이 조금도 기분 나쁘지 않다.

느리지만 멈추지 않았던 값으로 지금의 내가 걷고 뛰고 오르는 기쁨을 누릴 수 있듯이 너희의 얼마 남지 않은 달리기도 그럴 것이라 확신한다. 매일 책상에 앉아 머릿속에 욱여넣은 글자들과 닳아 없어진 잉크들이 너희를 얼마나 변화시켰는지 지금은 스스로 자신하지 못할지도 모른다. 그러나 시간이 조금 더 지난 뒤에 뒤를 돌아보면 분명 너희에게도 보일 거라 믿는다. 그동안 얼마나 스스로를 단단하게 다듬어 왔는지를.

그러니 애들아, 용기를 내렴. 너희가 얼마나 대단하고 무궁한 가능성을 가진 사람인지를 믿어도 좋아. 가까운 곳에서 지켜보았던 너희는 나와는 비교할 수 없을 만큼 강하고 빛나는 사람이었다. 그러니 겨우 걷는 것보다 더욱 대단한 성

취와 자유를 선물 받을 것이라 믿어 의심치 않는다. 네 꿈
에 이르는 순간까지의 평안과 안녕에 대한 기도는 내가 할
테니, 너희는 그저 네 빛남을 의심치 않기를.

열정(熱情)에 불이 붙어있다는 게

열정(熱情)이라는 말에

불(灬=火)이 붙어있다는 게 늘 마음에 걸린다.

시간이 지나 무어든 타버릴 대상이 소진해 버리면

사그라들 불이니까.

쏭즈, 〈나는 네가 올 때마다 주워 간다〉

6월 모의고사를 위해 상담을 하던 어느 날이었다. 조용하고 성실한 H의 차례였다. H는 곧잘 성적이 나오는 아이였음에도 점수에 대한 압박이 심해 크게 스트레스를 받는 아이였다. 아무도 다그치지 않지만, 스스로에 대한 의심이 커지면서 급기야 모의고사 날에는 끝까지 시험을 치르지도 못하고 귀가를 해야 했다. 새하얗게 질린 얼굴로 집으로 돌아가는 H의 어깨는 기운 없이 축 처져있었다. 잘하고 싶은 마음에 잘못이 어디 있겠나. 다만 저 마음을 어디서부터 어루만져 주어야 하는지 알 수 없어 불안해졌다.

퇴근길 노을에 H의 붉어진 눈가가 겹쳐 보였다. 그러다 문득 이를 악물고 보냈던 내 고등학교 시절이 떠올랐다. 그때의 나도 여느 고등학생들과 마찬가지로 대입을 위해 밤낮없이 노력해야 했다. 관악기를 전공했던 나는 하루에 적게는 9시간, 많게는 15시간을 매일같이 연습했다. 입시 막바지에 가서는 숟가락도 물 수 없을 정도로 입술이 짓물렀고, 공기 순환이 잘 되지 않는 연습실에 너무 오래 있었던 탓에 천식이 생겨 병원 치료를 병행하며 입시를 준비해야 했다. 남들은 다들 고교 생활이 그립다는데, 나는 그 시간이 너무 힘들었기 때문에 돌아가고 싶지 않다. 내 학생에게도 17살의 매일이 그렇게 기억될까 봐 겁이 났다.

다행스럽게도 H는 천천히 내가 내민 손을 잡아주었다. 해 줄 수 있는 것이라고는 그저 들어주고 다독여 주는 것뿐이 었는데도 힘이 들 때면 종종 나를 찾아와 내 앞에 앉았다. 제법 오랜 시간 동안 스스로의 마음을 도닥여 온 H는 끝 내 자신과의 대화에서 승리자가 되었다.

대부분의 아이들은 학창 시절 내내 열정과 노력을 강요받 으며 산다. 남들보다 조금 더 꾸준하고 성실하게 사는 것만 이 인생의 승리자가 되는 것이라 착각하게 만드는 세상 속 에서 말이다. 조금 덜 열심히 하면 어때. 남들보다 조금 천 천히 꿈을 찾아가는 것이 뭐가 나빠. 책상 앞에 앉아 머릿 속에 온갖 글자를 욱여넣는 것보다 더 많은 것을 할 수 있 는 사람이 이 아이들이란 것을 가까이에서 지켜본 나는 알 고 있다. 입시라는 벽에 둘러싸인 우물 밖으로 나오는 순 간 무궁무진하고 찬란한 세상을 자유하게 될 것이란 걸 우 린 이미 알고 있잖은가.

세상이 바뀌지 않으면 결국 아무것도 할 수 있는 것이 없다는 허름한 핑계는 그만두기로 했다. 그저 저 유약하고 소란한 시절이 끝없이 타오를 수 있도록 진공과도 같은 마음 한켠을 내어주는 것만이 내 사명이라 여기기로 했다. H에게 대단한 공부기술이나 잘 정리된 요약집보다 주저앉지 않도록 잡아주는 굳건한 내 편 하나가 필요했던 것처럼. 그러니 멈춰 선 아이들에게 자꾸만 손을 내밀 수밖에. 그게 내가 아이들과 살겠다 다짐한 가장 중요한 이유였으니까.

함부로 타오르는 꿈이면 어때. 조금 더 오래 걸리거나 덜 열정적이면 어때. 지쳐서 멈춰 서는 것도, 쉬엄쉬엄 걷는 것도, 이를 꽉 깨물고 전력 질주를 하는 것도 모두 용기가 필요한 일이라는 것을 나는 알고 있다. 그러니 나는 그저 그 꿈이 꺼지지 않도록 돕는 부채 바람이나 장작 같은 것이 되기를 바라왔을 뿐.

세상 모든 곳에
———————————————————
사랑이 새겨져 있었어
———————————————————

늙은 날의 상상

사랑이 삶처럼 느껴지는 경험을 너희도 하겠지.
우주가 온통 한 사람을 위해 자전하는 듯한 착각 속에
한 쌍의 불나방처럼 서로의 생에 투신할 테지.

내게도 그런 사랑이 있었다.
당신을 이해하는 것이 바람을 이해하는 것과 같다면
마른 가지처럼 수천 번이고 흔들리겠노라 약속했었지.
그 사랑은 끝내 바짝 말라 부서졌고
이내 가장 낮은 곳으로 갔다.

사랑은 본래 아름다운 것이나 부디 잊지는 말아라.

너무 아픈 것은 사랑이 아님을.

네 사랑에서 잘 익은 가을 냄새가 날 때쯤,

늙은 날의 나는 내 몫의 사랑을 모두 탕진했을까.

상상만으로도 다정해지는 일이다.

사랑법

나는 아끼며 사랑하는 법을 잘 모르겠어. 내 사랑법은 그저 다 주는 것뿐인걸. 누군가 그런 내 모습을 보며 준 만큼 돌아오지 않는다는 것을 알면서 왜 그렇게까지 하느냐고 묻더라. 받는 것을 위한 사랑은 배운 적이 없어 그저 줄 뿐인데. 끝없이 외치는 사랑의 고백이 허공에 대고 울려 퍼지는 메아리라 해도 나는 좋아. 이 보잘것없는 외침에도 또다시 정상에 오를 힘을 낼 한 사람이 있을지도 모르니까. 그럼 됐지. 외치는 사랑에 목이 터져도 좋아. 그게 아까웠다면 너희와 살겠다고 다짐하지 않았을 거야. 약속해, 바다와 같은 사랑을 할게, 마르지 않는. 사랑에 대해 말하기를 멈추지 않을게.

죽지 않는 것

누군가 내게 물었다. 그렇게 외쳐대는 사랑이 영원할 것 같냐고. 결국 네가 말하는 사랑도 언젠가는 끝나고, 모두는 죽을 거라고. 맞아, 이 사랑도 언젠가는 소진되겠지. 한때 내 삶의 전부라던 이름들마저 하나 제대로 기억해 내지 못하고, 지켜보는 이 없는 가운데서 소리 없이 죽을지도 몰라. 내 마음 한 가닥도 다스리지 못해 위태로운 사람이 어떻게 영원한 사랑을 자신할 수 있겠어.

그런데 말이야,
모든 것은 죽는다는 말은 틀렸어. 밤과 낮은 죽지 않아. 그 안에 숨죽여 살고 있는 고독과 칠흑 같은 절망도 그렇지.

가장 짙은 외로움 사이에서 태어나는 고결한 희망도 죽지 않으며, 사랑해요, 고백과 그 단어가 가진 열기는 인류가 태어난 이래로 단 한 번도 죽지 않았어.

사랑이 사람이라는 망각의 동물을 몇 번이나 갈아타고 그의 심장과 목덜미를 갈기갈기 물어뜯을 때, 피가 툭 터지듯 나도 모르게 '사랑해' 하고 말하는 것이니까. 그러니 나는 내가 가진 가장 무해한 것들을 꺼내놓은 거야. 이 사랑이 끝내 죽지 않을 거라는 걸 아니까.

먼 훗날 내 무덤 위에도 파란 수국이 피어나면, 비록 내 사랑은 더 이상 그곳에 없을지라도, 나는 괜찮아. 발 닿는 곳마다 심어놓은 사랑에는 꼬박꼬박 봄이 오고, 따뜻한 볕이 들면 또다시 새 생명이 태어날 테니까. 사람의 들숨과 날숨 사이에서 여러 번 다시 살아나는 그 사랑만큼은 어쩌면 정말로 영원한 것일지도 몰라.

네 잎 클로버

네 잎 클로버의 네 번째 잎은 떡잎이 나오기도 전 어떤 계기로 다치고 갈라졌기 때문에 생기는 거라고 해. 그 상처의 상징을 우리는 행운이라고 부르지. 세 잎 클로버의 의미는 행복이야. 사람들은 모두 행복하고 싶다고 말하면서도 수천 개의 행복 사이에 꼭꼭 숨겨진 행운을 찾곤 해. 그건 어쩌면 찢김의 고통 속에서도 네 번째 잎을 틔워내는 숭고함을 닮고 싶기 때문일지도 몰라.

너희의 행운도 어쩌면 다치고 갈라진 부분에서부터 계획된 것일지도 모른다. 그러니 넘어지고 다쳐도 포기하지 말고 자라렴. 상처로부터 태어난 너희의 유한하고 찬란한 미래 또한 훗날 행운이라 불리울 수 있도록.

제주1

삶에 가득해야 하는 것은 돈이나 명예와 같은 대단한 것들이 아님을. 늦은 밤 주황빛 조명 아래서 도란도란하게 울리는 말소리, 까만 밤 아래 드러누워 별이 몇 개인지 세어 보는 것, 대단할 것도 없는 꿈을 한참 주절대는 것, 끝없이 흐르고 부서지는 물소리를 한참이나 듣는 것, 울퉁불퉁한 돌바위를 걷는 것, 하이볼 한 모금에 좋아하는 노래를 한 곡 듣는 것, 처음 본 사람에게 꽃과 바다와 무지개가 그려진 책갈피를 선물하는 것, 걷고 걷다가 멈추고 다시 걷는 것. 이거면 충분하지 않나. 이걸 잠시간 잊고 살아서 그동안 서글펐나. 끝없이 사랑하겠다고 했던 마음이 조금 느슨해질 뻔한 것 같아서, 제주 어딘가의 골방에 부끄러운 일기를 적어두고 왔어. 다시 만나는 날 또다시 사랑한다고 말하자, 우리.

우연

삶이 아름다운 건 끊임없이 피고 지는 우연함 속에 살기 때문이다. 우연히 만난 바다, 우연히 묵은 숙소에서 우연히 만난 사람들, 우연히 나눈 대화, 우연히 걸은 길. 그 안에서 자라는 뭉근한 감정을 모아다가 우리는 또다시 사랑을 하겠지. 훌쩍 떠나는 여행을 멈출 수 없는 이유는 대부분 분명 사랑 때문일 거야. 삶을 번성하게 하는 것들은 모두 사랑과 아름다움으로부터 시작됐으니까. 지층처럼 쌓인 사랑들 위에 앉아 가엾고 미숙한 것들을 기다리는 것이 내 사명이라고 믿으며, 매일 하루 치의 사랑을 생산하고 모두 소진하여 잠들 수 있기를.

롤랑 바르트

내가 가진 유약한 것들이 떠올랐다. 모든 것은 유한해서
아름답다는데, 속절없이 죽어버렸던 몇몇의 사랑은 그렇지
못했다. 하지만 그럼에도 사람은 사랑의 숙주[*]라서 화형같
이 처절한 이별을 경험하고도 끊임없이 몸과 마음을 내어
주는 것이겠지….

[*] 이승우, 『사랑의 생애』

초콜릿

봉지를 뜯지도 않은 채로 초콜릿을 나눴어.

당연히 두 칸짜리 초콜릿이겠지 하며 톡톡 자르는데

어쩐지 한 줄도 바르게 잘리는 것 같지 않았어.

마지막 줄까지 마저 다 잘라내곤 부욱 포장지를 뜯었어.

초콜릿은 세 칸짜리였어.

세 칸짜리를 두 조각으로 곧게 자를 수 있을 리 없지.

울퉁불퉁 못생기게 잘려 죽은 것은 나 때문이야.

마음대로 두 칸일 거라 생각하지 말 걸 그랬어.

세 칸일 수 있었는데 두 칸도 제대로 되지 못했잖아.

바보 같았어 내가.

가장 못생기게 잘린 조각을 골라 입에 넣었어.

초콜릿이 왼쪽 뺨 안에서 데굴데굴 달게 녹았어.

세 조각의 초콜릿이 두 조각의 초콜릿보다

덜 달았을 리 없는데도 다행이라고 생각했던 건 왜일까.

변함없는 달콤함에게 보내는 미안함이었을까.

제주2
– 바다의 울음이 서글펐던 거야

달빛을 무덤 삼아 매일 소멸했다 다시 태어나는 별의 군락을 봤어. 바람의 손길이 빚어내는 대로 고꾸라지는 갈대밭을 오른쪽에 두고 곧게 뻗은 길을 따라 걷기도 했지. 이곳은 겨울의 얼어붙음 사이에서도 도래하는 생의 찬란함으로 소란한 땅이야.

울퉁불퉁한 바위의 모양새 따라 아무렇게나 자리를 깔고 앉았을 때 잉태와 산고의 고통으로 부르짖는 바다의 울음소리가 들렸어. 수일 동안 목구멍 속으로 삼켜진 서글픔이 몇 개나 될까. 미처 참아내지 못한 울음이 새어 나오는 밤에는 칠흑 같은 바다 앞에 무릎을 꿇고 오랫동안 소화되지 못한 이름을 게워내야 했어.

그거 아니,

제주의 한 남방큰돌고래는 죽은 새끼를 며칠 동안이나 놓지 못하고 수면 위로 올려보냈대. 망자의 숨결이 닿았던 곳에 영정사진을 들고 걷는 사람처럼 며칠 동안이나 시체를 안고 바다를 빙빙 헤엄쳤다는 거야.

그래서 서글펐던 거야.
파도가, 바다가, 갈대의 노래가,
여기 제주가 말이야.

나눠 담는 온기

늦은 비행기를 타고 온 탓에 어제는 온통 세상이 까맸으니까. 아침 일찍 눈을 뜨고 목적지 없이 무작정 걷기 시작한 건 하루 치의 바다를 놓쳤던 것에 대한 심술 난 마음이었을지도 몰라.

지난여름에 두고 온 사랑이 아직 여기에 있었어. 대단할 것도 없는 사람이 너무 오랫동안 바다를 품는 꿈을 꿨기 때문일까. 검은 돌 위로 부서지는 파도를 마주하는 순간 잠시 눈물이 났어. 그제야 비로소 준비했던 사랑이 조금도 줄지 않았다는 걸 알았어. 그래서 끝도 없이 넓은 저 바다에 대고 사랑을 말하지 않으면 넘치는 숨에 까무룩 죽어버릴지도 모른다는 생각을 한 거야. 이 사랑이 모조리 소진되는 날이 오긴 올까. 그렇다면 나는 지금부터 꽤 오랫동안 쓰라릴 준비를 해야 하는 거야.

커피가 너무 빨리 식을까 봐 따뜻한 물을 따로 주는 배려를 받았어. 이 작은 잔에 나를 나눠 담아둘 수 있다면 좋을 텐데. 내 사랑이 소진되어 갈 때 너희의 사랑을 한 모금씩 부어주겠니. 조금만 더 오랫동안 따뜻한 사람이고 싶은데.

빨강의 꽃나무

우연히 나와 비슷한 길을 걷는 사람을 만났어. 대단할 것
도 없는 기쁨을 위해 굳이 먼 길을 선택한 사람 말이야. 이
사람도 나처럼 오랜 시간 왔던 길을 되돌아가야 할 테지.
그걸 아는 우리는 둘 다 멋쩍게 웃었어. 그 웃음에 연민은
없었지. 헤어질 때 부적처럼 달고 다니던 행운을 빼서 그
사람의 손가락에 걸어줬어. 죽지 않는 꿈을 마주한 반가움
의 선물이었다고 하자.

길을 걷다가 우연히 아무렇게나 핀 꽃나무를 봤어. 겨울이
었고 빨간색이었으니 당연히 동백일 거라 생각했는데 어쩐
지 모양새가 낯설었어. 동백이라 하기에는 꽃잎의 굴곡이

조금 거칠었거든. 하지만 그게 동백이든 아니든 중요하진 않았어. 초원에 덩그러니 피어난 빨강에 매료된 사람들은 누가 먼저랄 것도 없이 그 매혹적인 광경을 담기 위해 셔터를 눌러댔으니까.

아무렴, 동백이 아니면 좀 어때,
이렇게 빨갛고 아름다우면 됐지.

제주 3
– 귀덕 골방

이곳에 두고 갔던 마음을 기억해? 그날의 나는 어렸고, 겁
없는 자신감으로 가득했어. 그래서 이 사랑에 대해 확신하
는 거만한 마음을 품었던 거야. 끝나도 끝나는 것 없는 이
마음은 결국 어둠 속으로 향하는데 그날의 나는 그걸 몰
랐던 거지. 어려서 그랬던 거라고 하자.

위스키 한 모금마다 한 명의 이름을 써. 그거 몇 획이나 된
다고 이름 하나를 적는 게 혀가 아프도록 쓰지 뭐야. 그건
아마도 우리가 너무 낭만적인 걸 함께했기 때문일 거야. 벼
락같이 사랑하게 될 줄 알면서도 겁 없이 마음을 다 줬던
내 탓이지, 뭐.

적을 이름이 아직 한참이나 남았는데 종이가 모자랐어. 어쩌면 모자란 건 내 마음인가. 그래도 후회는 없어. 내 가장 젊고 싱싱한 사랑을 먹고 자란 이름들에선 더없이 달고 향긋한 냄새가 났으니까.

마침 잔이 비었을 때 내가 좋아하는 노래가 나왔어.
그래, 텅 빈 걸 채우는 건 늘 음악이었지, 맞아.
사랑의 노래들.

벚꽃

분홍이 만개한 교정이 얼마나 예쁜지 너희는 알고 있니.
오늘 출근길에는 꽃망울들이 고개를 빼쪽 내밀었더구나.
곧 너도나도 경쟁하듯 봄을 뿜어내는 날이 오면
사람들은 서로에게 참았던 사랑을 고백하겠지.

봄기운 잠에 취해 앉은 너도 그렇다.
양 볼 가득 품은 싱그러움이 툭 하고 터지면
너희도 나릴 거야, 자유롭게.
오래 기다려 온 이 사랑도 그때 줄게.
내 봄, 내 꽃, 내 분홍에게.

트루바두르

시에 음악을 담아내던 사람들

당신이 내게 와 시가 되면은

나는 영원히 당신만을 부르는 음악이 되리라

장례식

엄마, 지난번에 뉴스를 보다가 나한테 했던 말 기억나?

왜, 사고로 자식을 먼저 보낸 부모가 아이의 영정사진 앞에서 무너지듯 우는 모습을 보고 나한테 했던 말 말이야. 내가 엄마보다 먼저 죽게 되면 엄마는 내 장례식도 치르지 못할 거라고. 자식을 먼저 보낸다는 것은 그런 거라고 했었잖아. 그도 그럴 게 나는 한때 엄마였잖아. 엄마가 가진 가장 좋은 것들을 빼앗아 먹고 태어난 나를 엄마는 한 번도 원망한 적이 없잖아. 나 때문에 젊음도, 청춘도, 시간도, 건강도 잃었지만 엄마는 나를 늘 사랑만 했잖아. 그렇게 이유 없는 사랑을 주던 것이 한순간에 없어진다니. 상상만으로도 끔찍한 일이야.

엄마, 나는 오늘 한 아이의 장례식에 다녀왔어.

어제 교무실에서 일을 하고 있는데 그 아이가 죽었다는 이야기를 들었어. 숨이 턱 끝까지 차오른다는 건 정말로 숨을 쉴 수 없다는 말이었나 봐. 일을 하다 말고 학교 밖으로 뛰어나갔어. 이런 믿기지도 않고 재미도 없는 거짓말을 왜 하는 거지. 그럴 리가 없는데. 어이가 없고 허무해서 아무도 없는 길가에 서서 한참을 엉엉 소리 내어 울었어.

장례식장에 가는 동안은 울지 않았어. 끝내 질 나쁜 거짓말이길 바랐으니까. 그런데 장례식장 앞에 교복을 입은 아이들이 울고 있는 거야. 아직 들어가지도 않았는데 손이 덜덜 떨렸어. 안 그래도 눈이 퉁퉁 붓도록 울던 아이들은 나를 보고 더 많이 울었어. 장례식장 앞에는 그 아이의 친구들이 두고 간 형형색색의 포스트잇이 붙어있었고, 아이의 할아버지는 지팡이를 짚고 오랫동안 그 포스트잇 앞에 서서 다리를 덜덜 떨었어. 나는 아이의 사진 앞에서 울지 않았는데, 엄마가 말한 끝내 믿지 못하는 것이 이런 게 아니었을까, 하고 생각했어.

바깥으로 나오니 바람에 향냄새가 씻기는 느낌이 들었어. 그제야 비로소 하늘이 노래지는 것 같아서 아무 곳에나 털썩 주저앉아 참은 숨을 몰아쉬었어. 그런 내 어깨를 아이들이 감싸 안아주었는데, 그림자로 겹겹이 쌓아 만든 그 벽 안에서 한참을 숨어있었던 것 같아.

엄마, 이유 없는 사랑이라는 게 뭔지 나도 조금은 알 것 같아. 내가 가진 가장 신선한 사랑을 먹으며 자라는 이 아이들이 나는 한없이 사랑스럽거든. 나는 이 사랑을 여기에 모조리 소진하기 위해 내 젊은 날을 온통 쏟아부었던 거야. 어쩌면 이 사랑은 엄마를 닮았기 때문일까. 엄마, 서운하게 들릴지도 모르겠지만 나는 아이들과 사는 동안 때때로 삶과 죽음 앞에 선택을 해야 하는 순간을 상상하며 기꺼이 아이들의 발아래에서 죽을 각오를 하곤 했어. 그런데 이건 한번 상상해 본 적도 없던 일이었는걸. 낯설고 숨 막히는 이 마음도 연습이 필요했을까.

내가 할 수 있는 건 그 아이가 더 이상 메마른 시간 속에서 혼자가 아니기를 기도하는 것뿐이야. 행복하기 위해 애쓰지 않아도 되는 세상에서 말이야. 그러니 남겨진 우리는 온통 흘러가는 것들 사이에 아무렇게나 주저앉아 지나간 기억을 토해내야만 하는 거야. 엄마, 그 아이는 신을 믿었으니 결국 그를 만났을까. 그랬다면 그 아이에게 대신 전해줬으면 좋겠는데. 네 몫의 사랑은 우리가 대신 짊어진 채 살아갈 테니, 부디 너는 온통 따스한 곳에서 거짓 없이 행복하라고. 사랑한다고 말이야.

천일홍

그거 아니,

천일홍은 꺾인 날의 빛깔을 천 일 동안 간직한대.

내 영혼으로부터 떼어내어 네게 준 이 마음도

네 안에서 천 일은 붉은빛이기를 바랐어.

그 빛이 시들면 다시 나를 찾아주겠니.

또다시 오랫동안 죽지 않을 붉은 잎을 떼어 네게 줄게.

더 이상 줄 잎이 한 장도 남지 않은 날이 오면,

비로소 오늘이 내 생에 가장 행복한 날이라고 말하게 될까.

북한강

흐르는 것들은 늘 소리를 품습니다. 그건 누가 내는 것도 아니며, 이제껏 들어본 적도 없는 생소한 것입니다. 그 소리가 어쩐지 정처 없는 이 마음을 대변하는 듯하여 실없는 웃음이 납니다. 저는 지금 북한강 어귀 어딘가에 있습니다.

예보에선 흐린 날이 될 거라고 했습니다만, 찰나마다 해가 있군요. 반짝하고 빛이 들면 기다렸다는 듯 물 위에 별의 군락이 생깁니다. 파도는 바다의 전유물이 아니었나요. 바람이 빚는 대로 아무렇게나 어루만져지는 강의 파도에선 같은 자리에 별이 두 번 내려앉는 일이 없습니다.

아, 방금 별이 다시 죽었습니다. 금방 죽을 빛이란 걸 알면서도 눈물이 나는 것은 마음이 가난한 세상에 사는 자에게 내리는 저주와도 같습니다.

강은 여전히 흐릅니다. 쉬지도 않고 말입니다. 그 안에 발을 꽂아 넣고 꼼짝하지 않는 사람만 이미 흘러간 것을 뒤적이며 울음을 토하는 것이겠지요. 저 안타까운 사람 위로 다시 파도가, 별이, 해가 비명 같은 소리를 내며 반짝입니다. 그 어리석음조차 눈이 멀도록 아름답습니다.

제주4
– 하얀 협재

한 시간 오십 분쯤 걸었나. 애월에서 협재까지 걷는 게 꽤
오래 걸리더라고. 굳이 걸어가기로 했던 건 택시 아저씨 때
문이었어.

"아가씨, 제주에 자주 오세요?
제주 바다를 따라 걸어본 적이 있나요?
제주 바다 중에 가장 예쁜 바다는 협재 바다랍니다."

협재 항에는 배들이 빽빽하게 매여있었어. 그때부터는 노
래를 불렀던 것 같아. 사람들이 바다에 버리고 간 삶의 파
편을 주워다 노래를 했지. 미처 가라앉지 못하고 수면 위

를 표류하던 마음들은 끝내 별이 되었어. 빛으로 된 군락들이 뭉툭한 비명소리를 내며 저항 없이 죽어버릴 때면 잠시 숨을 참고 기도를 해야 했기 때문에 걷는 게 조금 힘들긴 했어.

다시 발을 뗐을 때 파도의 곡선 구석구석마다 새겨진 목소리가 들렸어. 고래의 울음이 웅웅 귓바퀴에 오래 머물렀다 사라졌는데 아무도 들은 이는 없었어. 다행스러운 일이었지.

오른쪽 어깨쯤에서 느리게 걷던 비양도가 내 앞에 섰을 때 드디어 걸음이 끝났고 나는 소리 없이 물었어.

'아저씨, 가장 예쁜 것에는 원래 색깔이 없나요.'

눈 시린 파랑의 계절은 이미 죽고, 뼈만 남아 하얗게 가라앉은 건가요. 하지만 문제는 없어요. 기대함은 곧 살아있음의 증명이니, 적어도 한 시간 오십 분 동안은 농밀한 생의 의미를 오른쪽에 두고 함께 걸은 셈이니까요.

아저씨, 저는 또 제주에 올 거예요.

언젠가의 푸른 협재를 기대하면서 말입니다.

3장

끝이라고는 도무지

보이지 않는 사랑이라서

음악에 대한 어느 날의 단상

음악은 나에게 끝없는 목마름이었으며 불같은 질투와 열정이고, 슬픔이나 사랑이었다. 말하지 않아도 사람의 마음을 송두리째 옮기고 눕힐 수 있는 유일한 언어가 나에겐 음악이었다. 그래서 그 마법 같은 것에 내 인생 전부를 걸겠다고 다짐했던 것이다. 무대에 서는 것은 언제나 넘치게 행복했다. 나를 비추는 조명도, 공간의 열기도, 주고받는 눈빛 속에서 피어나는 갖은 감정들로 울고 웃을 수 있다는 것도 가슴 벅찬 일이었다. 더 이상 무대에 오를 수 없게 되어 새로운 길을 찾아야 했을 때, 교직을 선택한 것은 어떻게든 음악을 놓고 싶지 않다는 마지막 고집이었다.

음악을 가르치는 것에 고단하고 지치는 순간도 수없이 많았지만, 그럼에도 이 일이 좋은 이유는 살아 숨 쉬는 생명력과 순수한 열정을 가장 앞 열에서 볼 수 있기 때문이다. 내가 사랑했던 음악이 아이들의 손과 입 끝에서 생명력을 가질 때 내 삶은 비로소 의미를 지니게 되니까.

너희와 사는 동안의 나는 빈틈없이 행복했고, 함께하던 모든 순간 동안 내가 음악을 했던 것을 다행이라 여겼다. 지난밤, 반짝이던 너희의 표정이 한참 머리에 맴돌아서 쉬이 잠들지 못하고 오랫동안 너희와 함께 찍은 사진을 뒤적였다. 그 안에 살았던 내가 더없이 행복해 보여서.

지금 일기

먼지 쌓인 기억

지나간 것들이 자주 생각나는 요즘이다. 〈라흐마니노프 심
포니 2번〉이나 김진영의 〈아침의 피아노〉와 같이 내 청춘
의 모서리를 채워주던 것들이 그립다. 그 시절에 사랑했던
모든 것들이 이제는 다만 추억 속에서만 향유할 수 있기
때문일까. 하지만 지금 내가 끊임없이 사랑한다 외칠 수 있
는 것 또한 먼지 쌓인 기억들 덕분임을 잊지 않을 것. 그것
들로 하여금 사랑의 주체로서 살아갈 수 있음에 감사하며,
충분히 사랑할 것. 아낌없이 내어줄 것.

사랑해야지. 준 것의 반도 돌아오지 않을지언정 그렇게 해
야지. 설익거나 날것의 것이라도 들어줘야지. 이따금씩 마
음이 할퀴어지고 끝끝내 외면받을지라도 꿋꿋해야지. 새
롭게 태어나는 꿈을 마주하는 날에는 축복을 보내줘야지.
가는 길마다 놓인 서러움이 있다면 치워주진 못하더라도
옆에 앉아줘야지. 두려움으로 떨면 숨 쉬는 법을, 조급함으
로 달구어진 마음에게는 계절마다의 여유를 알려줘야지.
이 사랑은 그렇게 쓰일 운명으로 태어났으니까. 그런 와중
에 마침 사랑하게 된 게 너희였다. 그러니 조금도 아깝지
않게 쓰일 이 마음을 오랫동안 받아주었으면.

한 발자국 늦은 고백

나는 네 말이라면 질긴 목숨처럼 믿기로 했어.

네가 아프다면 아픈 거고, 슬프다고 말하면 슬픈 거야.

사실 어떻다 말하지 않아도 괜찮아.

난 네 눈과 코의 색깔을 여전히 기억하니까.

그러니 밤새 네가 후두둑 떨어지면

내 마음이 천 개쯤 됐으면 좋겠다 생각했던 거야.

달빛 어스름한 저녁, 쉬이 집에 들어가지 못하고

가로등 아래를 한참이나 서성였던 건

내 일상이 온통 네 이야기가 되었기 때문이야.

이 마음을 사랑이라고 부른다는 걸 너무 늦게 알았어.

사랑해, 그러니까 이 말을 하기까지가 너무 오래 걸렸던 거야.

오늘의 기도

파도와 같이 맹렬한 생명력으로 호흡하기를. 숨 멎는 날
에도 담대한 희망의 노래가 멈추는 일이 없기를. 날 선 절
망 앞에서도 실낱같은 기적을 상상하기를. 무구한 영혼에
게 최후의 피난처가 되어주기를. 낙화하는 청춘마저 내게
영원한 목마름이 되기를. 그로 인해 오래도록 걷게 되기를.
나와 삶을 맞댄 순백의 영혼들이 끝내 짓이겨진 목련처럼
스러지지 않도록 제때 손을 뻗어주기를. 지나온 길을 후회
하는 이의 최후에 외로움만은 없게 하기를. 그러니 꼭 그
의 한 걸음 뒤에서 걷는 것을 내 오랜 사명이라 여기기를.
보잘것없는 외침에도 가난한 마음 한 조각 앉힐 힘이 있다
면 까무룩 죽어버릴 사랑에도 눈물짓게 되기를. 이 모든
걸음 안에 목숨과도 같은 사랑이 늘 함께하기를.

어떤 이별

그런 말 들어본 적 있니
더 사랑하는 사람이 지는 거라든가
빛이 밝을수록 그림자가 더 길다든가 하는 말
그래서 나는 마지막을 상상하는 것만으로도
이렇게 가장 힘없이 어두워지는 거였나
나는 그동안 어떤 이별을 준비해야 했던 걸까

자정에 보내는 바람

떠나는 길이 마냥 외롭지는 않아

아니 오히려 넘치게 얻어 가는 것이 많았지

남겨진 것들을 위한 문장은 아직 닫힌 적이 없으니

아직 끝났다 말할 수는 없는 거야

그동안 몇 명의 마음을 주워왔을까

내 품에 안겨 우는 너희의 머리를 쓰다듬을 때

바닥으로 고꾸라지던 이야기들은

남김없이 주워 여기에 들고 왔어

약속한 대로 이건 내가 모조리 들고 갈게

그러니 너희는 부디 평화로부터 잉태된 행복 속에 살아

아프다는 말을 억지로 삼키지는 말자

알잖아, 너는 내 가장 소중한 것이었다는 걸

감사와 사랑을 처음 말한 사람은 누구였을까

그 덕에 오늘을 살아낸 사람이 보내는

어설픈 기도를 들어줬으면

D—day

심장이 하늘로 솟았다 바닥으로 곤두박질치길 반복했다

완벽하지 않은 나 자신이 모질게 미우면서도

사람은 누구나 완벽할 수 없다며 알량한 자기 위로를 했다

기꺼이 구르는 사람이 되기로 하지 않았던가

나는 끝내 선물이 될 수 있을까

무제

소실되는 것은 빛나고,
유한한 것은 사랑스럽다.
이건 네 이야기다.

여행이라서

"나도 돈 많이 벌어서 제주에서 살고 싶다."
"여행이니까 좋지. 주인이 되면 달라요."

그래서 너희랑 사는 것이 그렇게도 좋았나
단 한 순간도 주인인 적 없던 날들을 그리워했나
나는 너희의 세상을 여행하던 방랑객이었으니
돌아갈 수 없는 그 시절을 오래도록 추억해야만 하는가

내 삶, 내 걸음, 내 여행, 내 추억, 내 사랑
내 아이들

봄맞이 편지

풍경에 시간이 깃들면, 눈 닿는 모든 것에도 표정이 생기는 걸까요. 지난번 이 자리에서는 분명 사랑에 대한 글을 썼습니다만, 오늘은 말라가는 모든 것들에서 고독한 냄새가 납니다.

오랜 시간이 지난 것도 아닌데 마치 긴 꿈을 꾼 것만 같습니다. 우리의 시간이 멈춰 선 사진을 볼 때면 언제나 간지러운 마음에 미소가 지어지곤 했는데, 어쩐지 오늘은 심장이 쿵쿵 요란한 소리를 내며 바닥으로 떨어지는 통에 한동안 눈을 감고 호흡을 골라야 했습니다.

새로운 출발이 시작됐습니다. 저도, 당신도요.

몇 주간의 소란함을 견디면 온통 분홍의 봄 냄새가 만연한 세상이 올 테지요. 당신이 사는 그곳 또한 꼭 그러하기를 바랍니다. 저는 우리의 마지막 봄이 지나치게 찬란했던 까닭에 새롭게 피어날 것들에 대한 기대마저 무감해지는 듯합니다. 슬픈 일이지요. 하지만 이 또한 여전히 사랑하기 때문일 테니 개의치 않겠습니다. 아니, 이전보다 더욱이 사랑하기 때문입니다.

당신이 비록 넘어질지라도 무너지지 않기를 간절히 바라고 있겠습니다. 부디 많이 아프지 않기를, 굳게 피어나기를.

후회

지난날, 내 앞에 앉아 긴 이야기를 나누고 고맙다며 돌아
간 네게 나는 정말로 고마운 사람이었을까. 다른 이의 세
상은 한 번도 살아본 적 없는 나라서 내가 살아낸 세상
이 감히 네 세상에 균열을 준 적은 없었을까. 침묵 속에 숨
겨진 이야기들을 지레짐작한 적은 없었을까. 내 손길이나
내 눈빛이 네 마음을 무심하게 외면한 적은 없었을까. 가
장 날카로운 곳에 선 네 손을 미처 잡아주지 못한 적은 없
었을까. 내 눈물이 상처가 된 적은 없었을까. 내 사랑이 부
담이었던 적은 없었을까. 오래 품은 꿈을 막아선 적은 없
었을까. 네 기쁨과 행복에 박수치지 못했던 적은 없었을까.
피곤과 지침을 이유 삼아 네 이야기를 놓친 적은 없었을까.

마지막까지 사랑의 메시지를 듣지 못한 아이는 없었을까.

그랬다면… 나는 어떤 사랑 위에 무릎을 꿇어야 하는 걸까.

오래 간직할 부탁

오늘 친구와 카페에 갔어.

녹차 아이스크림이 예쁘게 올려진 와플도 먹고 향이 좋은 커피도 마셨어.

오랜만에 만난 친구였으니 대화가 마를 새가 없었지.

공부는 어떤지, 요즘 너는 누구와 가장 많은 시간을 보내는지, 그런 시시콜콜하고 평범한 이야기를 했어.

그런데 왜 있잖아, 한창 대화를 하고 있었는데 갑자기 뚝 하고 이야기가 끊기는 순간 말이야.

친구가 "왜?" 하고 물었는데, 뜬금없이 그런 생각이 들더라.

내가 가진 사랑이 더 이상 남아있지 않다고

화수분 같은 사랑인 줄만 알았는데 아니었나 봐.

어쩌면 나는 그 많던 사랑을 함부로 탕진했을까.

그 말을 하는 동안 나는 웃었는데 친구가 울었어.

예전에도 이런 적이 있었지, 맞아.

무대에서 내가 뜨거운 미소를 지을 때면

넌 그런 내 웃음을 보며 울었으니까.

"후회는?"

"조금도. 다만 그 많던 사랑은 다 어디로 간 걸까."

"아이들에게. 이미 다 도착해서 자라고 있을 거야."

소진된 게 아니라 정말 나눠 가진 것일까.

그렇다면 이 공허를 서운해하지 않아도 되는 걸까.

다신 없을 사랑일지도 몰라.

그러니 모쪼록 아직 그곳 어딘가에 남아있다면

부디 오랫동안 간직해 주길 바라.

핑계 대기 좋은 계절

핑계 대기 좋은 계절이 왔어

오늘처럼 왈칵 쏟아지는 마음에 이유를 붙일 수 없을 땐

그냥 봄을 탄다는 말로 둘러대면 되거든

그래서 말인데, 오늘은 정말이지 눈물 나게 봄 같았어

슬프단 이야기는 아니야, 오랜만에 편안했거든

아직은 조금 낯선 캠퍼스를 걸어 나오는데

노랗게 기우는 햇빛이 따스해서

이젠 두꺼운 외투를 입지 않아도 적당히 포근해서

내 오른편과 왼쪽 가득 나란히 선 풋내 나는 스무 살들의

빳빳하고 깨끗한 야구 잠바가 예뻐서

지금 일기

저들처럼 내게도 아직 채워 넣을 마음 한 공간이 있어서

그게 조금씩이지만 기대로 변해가는 게 신기해서

이 마음을 글로 적을 수 있어서

봄의 숨결 따라 새롭게 태어나는 모든 것들 사이에

나에게 주어진 바람도 한 자락쯤은 있을까

막 태어난 이 꿈에도 끝내 봄 냄새가 묻게 될까

애꿎은 걸 핑계 삼아 그리움을 전하는 내가 여기 있어

그러니 조금만 기다려 주겠니

더 넓고 깊은 마음을 마련할 때까지

그건 꼭 너희를 위해 쓸게

약속해

안녕, 내 아이들.

너희와 함께했던 시간이 내게는 목숨과도 같았다. 그러니 너희의 삶을 스쳐 지나갈 뿐인 내가, 나 또한 너희에게 그러한 사람이었으면 하는 욕심을 부리게 된 거야. 그래서 나는 매일 사랑을 말하지 않고서는 버틸 수 없었다. 너희는 내게 평생의 약속이었고, 전부였으니까. 너희가 준 마음이 모여 나를 걷게 하였으니, 너희에게 나 또한 사랑이었기를. 한 줄기 용기였기를. 가슴 저미는 위로였기를.

너희는 그간 많이 외롭고 아팠으나, 앞으로 너희들이 마주하게 될 크고 신선한 세상은 바다같이 마르지 않는 자유와 파도처럼 몰아치는 사랑이 가득할 테니, 너희는 그저 푸른 고래처럼 삶과 청춘을 유영하며 살아가려무나.

가장 아름다운 나이가 스물이라지만 스무 살만이 빛나는 것은 아니란다. 언제든 살다가 네가 빛나면 그때를 네 인생의 전성기라고 부르는 것이지. 그러니 잠깐 돌아가더라도 언젠가 빛날 너를 위해 삶과 청춘을 사랑해주길 바라.

내 눈에 비친 너희는 언제나 한없이 사랑스럽고 강한 아이들이었으니, 새로운 시작 앞에서도 당당할 것이라 믿는다. 훗날 더 큰 세상에서 우연히 우리가 다시 만나 서로의 이름을 듣게 되는 날에, 나 또한 너희에게 자랑스러운 선생으로 남을 수 있도록 쉼 없이 걸을 테니, 너희도 여전히 누군가에게 사랑이 되어 살고 있기를.

그러니 언젠가의 훗날에도 나와 다시 이야기해 주겠니. 지난날, 우리의 매일이 되어 준 노래를, 사랑을.

지금 일기

지금 일기

초판 1쇄 발행 2023. 5. 22.

지은이 김이재
펴낸이 김병호
펴낸곳 주식회사 바른북스

편집진행 황금주
디자인 양헌경

등록 2019년 4월 3일 제2019-000040호
주소 서울시 성동구 연무장5길 9-16, 301호 (성수동2가, 블루스톤타워)
대표전화 070-7857-9719 | **경영지원** 02-3409-9719 | **팩스** 070-7610-9820

•바른북스는 여러분의 다양한 아이디어와 원고 투고를 설레는 마음으로 기다리고 있습니다.

이메일 barunbooks21@naver.com | **원고투고** barunbooks21@naver.com
홈페이지 www.barunbooks.com | **공식 블로그** blog.naver.com/barunbooks7
공식 포스트 post.naver.com/barunbooks7 | **페이스북** facebook.com/barunbooks7

ⓒ 김이재, 2023
ISBN 979-11-93127-00-1 03810